이대로 아무것도 바라지 않는

시작시인선 0353 이대로 아무것도 바라지 않는

1판 1쇄 펴낸날 2020년 10월 26일
지은이 최지안
펴낸이 이재무
책임편집 박은정
편집디자인 민성돈, 장덕진
펴낸곳 (주)천년의시작
등록번호 제301-2012-033호
등록일자 2006년 1월 10일
주소 (03132) 서울시 종로구 삼일대로32길 36 운현신화타워 502호
전화 02-723-8668
팩스 02-723-8630
홈페이지 www.poempoem.com
이메일 poemsijak@hanmail.net

ⓒ최지안, 2020, printed in Seoul, Korea

ISBN 978-89-6021-521-4 04810
      978-89-6021-069-1 04810(세트)

값 10,000원

이대로 아무것도 바라지 않는

최지안

천년의시작

시인의 말

한참을 밖에 앉아있다 돌아왔지
눈 감으면 엷은 유리의 방 다 부서질까 봐

사랑스럽고 무구한 나의 천치들에게
우리는 언제까지 두 뺨에 잔뜩
물을 심어야 하니

이제 소개하는 밤의 정원

신에게서 아픈 니은을 앗아 온 나의 종교여

2020년 가을
최지안

차 례

시인의 말

제1부 전람회 다녀오기

유리 테라스를 소개합니다

　새 한 마리 들어있고 앙상한 여신 그 밑에 시린 밑동처
럼 웅크려있는 곳

　칼질당한 듯 너의 표정은 세로로 나뉘어있고 언제든지 울
어버리면 와장창 깨지는

　망상의 루브르입니다.

　여인의 나신이 액자처럼 걸리던, 젖가슴은 볼록한 유리
곡면 따라 부풀……

　네가 앉아 머물던 삼각 정원에선 한동안 수많은 관람객
이 오갔으나

　왕왕 울렸겠지 귓전에선 불가능한 박수 소리 사람들은 얼
룩처럼 이곳저곳 몸을 묻히다

잠깐 액자에 걸려 멍청한 애인愛人 놀이를 한다. 우리가 마주친 적 있나요? 모조 작품에 길게 두 줄 키스하고

입술에 묻은 붉은 도료 팔에 닦으면 스치는 살굿빛 새소리 푸르르 프–

반투명한 심장을 꺼내 흔들면 왈칵 터진다. 그것은 멀리 붉은 신호탄을 쏘며 널 기다리는 조난 신호

몰락을 낙찰받고 맹세해요 우리

서로에게 묻힌 물감들이 크림처럼 폼폼 녹아 없어져도 이곳 유리 심방에서 조각난 스테인드글라스, 찢어진 표정을 하나씩 깁기로

기괴한 클림트가 입을 맞추고 곤줄박이 한 마리 들어있는, 파리한 가지 툭툭 부러질

이곳에선 빛마저 프리즘에 심문당하잖아. 육백 갈래로 나뉘어 회랑에 걸린 울음들

빗장처럼 뚝, 뚝, 끊어진 갈빗대 방벽으로 돌아나 전시관 측벽을 쌓고 아픈 지근거릴 모두 뒤흔들다 어둑하게 휘−

음울한 샹송이 흐르지만 고적하게 빨간 구두를 딸깍이며 홀 웨이를 걸어가는

검정 피 칠갑한 우리 모두의 유리 테라스를

소 개 합 니 다.

우람한 우림, 킹콩

가슴을 두드리세요 전례 없던 일처럼

한참 연주하던 드럼 소리가 없네요 사람은 두드림으로 간신히 태어나는데요

양팔 가득 매달려 본 빌딩
팔은 자꾸만 흐물거려서 우린 고작 배수구까지 흘러내리고 싶어 하는 멸종 위기종

나는 마천루에 올라 털북숭이 빅풋을 휘휘 저었죠. 커다란 발로 땅을 밟으면 족적 화석이 남아 그렇게 원숭이는 채집당해요. 투항하려던 갈색 발을 지우고 뒤꿈치를 흙에 묻던 꿈의 도약을 붓으로 털어내면 야수는 없어요. 야수는 전시돼요

매달 나를 겨냥하는 누런 고지서 그게 사냥꾼이 흘리고 간 '올해의 원숭이 밀렵 일지' 같아서

놀란 집주인은 고래고래 소리쳐요. 바닥까지 떨어지지 말라는 포유류의 응원 같은 거. 저 입 모양도 나더러 결국

저공으로 미끄러지라는 것 같아요. 킹콩은 이제 바닥에 착
륙하는 애스트로넛, 비틀거리는 내 무중력 발자국을 사람
들은 수집하고

　나의 꿈은 16평방미터, 창 없어 주변보다 저렴한 시멘트
우리에 갇혀있어요

　전기기타 소릴 내던 붉은 열대새 한 마리를 해고하고 돌
아오는 길. 이번 달 전기세가 많이 나와서 너는 긴잎나무 숲
으로 돌아가세요. 당신처럼 성근 나무 사이를 건너가려 높
은 곳을 정조준해도 여긴 참 낮은 빌딩만 많죠
　팔은 어디를 짚어야 하나요 숨죽이고 네가 지나갔던 곳
에 발을 포개요. 함께 낯선 층계참에 서있던 친구가 있었
는데요

　사람들은 드럼을 치는 대신 이제 휴대폰으로 단단한 드럼
영상만을 볼 거예요. 본 걸 또 보고 본 걸 또 보겠죠. 박수
소리가 없고 가슴은 죽어있어요. 물렁해진 갈빗대 인간들

　이제 남녀 불문 브래지어를 차야만 해요 흘러내리지 않

게 고정하세요

너는 방 안에서도 가슴을 활짝 펴면 안 된다는데요. 썩어
가는 늑골에서 흘러오는 저 상한 연두부 냄새 악취 속에서
벽과 벽은 자꾸만 묵직한 어깨를 흉내 내요. 그럼 내게 밀착
하는 옆집. 인간人間의 틈바구니는 너무도 가까워서 싫어요

당신이 기린이었다면 사랑할 수도 있었던 나의 아열대.
총살된 기린 반점이 접시 위에 오르고 버티컬, 버티컬 안
에는 아마득한 한 줌 빛. 그 속에 나/의/제/왕/킹/콩/은/
사/선/으/로/숨/어/있/어/요. 새도 날갯죽지를 당겨 몸통
을 두드렸을까요? 짹짹거리는 타악기가 하늘에 부서지는
게 참 부러워서……

새장 속 조용히 눈 감으면 고동 소리 다름없죠. 옷을 찢
고 거리에 투항하진 마세요 너를 구경하는 관람객과 사냥꾼
이 낄낄 웃으며 몰려와요

우리 첨탑 위에 올라요 가슴은 록 밴드, 두드리는 가슴팍
은 킥 앤 스네어. 둥둥거리는 한 사람은 전례 없는 밀림. 고

층 빌딩 꼭대기에 나의 기타 줄을 혈관처럼 뽑아 깃대 내거
는 날 어제는 G 선상으로 울어요.

　여태 묵묵히 어깨를 짚고 1/6의 중력을 버텨왔던 원숭이

　킹콩은 몇 시 몇 분 몇 초에 세상을 향한 포효, 하나요

삶의 집

    너와 만나기로 했는데, 나 무책임하게 서후리숲에 들어온다. 루비를 주렁주렁 수놓은 과수 앞이 우리의 언약일 것이지만 확신할 수 없다. 캉뜨 나의 수백 가지 고민은 다만네가 숲 뒤편을 멀뚱멀뚱 걸어가고 있는 한동안이다. 너는그때 금연과 다람쥐에 대해 생각하고 있었다.

    총천연색 유리 새 두 마리가 수평선에서 마주 보며 날아들고 있다. 그림자 나무 좌우에 펼쳐진 우리, 저 충돌은 너와 내가 멀리서도 볼 수 있다. 머리를 들이받자 떨어지는글라스 비드, 분분한 유리 조각이 큐비즘을 재현하는 아무개 숲이다. 숲에서 길을 잃은 사람은 육감을 맹신한다. 너는 저 아래에 내가 서있을 거라 생각할 테고 나 또한 그래우리를 달리게 하는 어둑서니 숲. 달려가다 스친 야맹증 환자들은 비가 오는 줄 알고 질끈 눈 감고 있었다. 깜푸, 너의속눈썹 위에 나앉는 것은 숲의 정령도 비의 후생도 아닌데

    울음소리가 들린다. 이곳 나무는 손목 기장을 줄이고 깔끔하게 벌초되어 있다. 놈들의 팔에는 모두 너와 만나기로한 시간이 새겨져 있지만 시계는 제각기 다르다. 빅터, 빅터는 지금 혼란스러워서 나무에 박힌 옹이를 못이라 말하는

수선된 정오. 멍청이 깜프, 이렇게 불러도 너는 화내지 않을 거야 배낭 속에 챙겨 온 그림들을 머저리들의 손목에 둘러준다. 시간은 없고 삭풍이 액자의 배열을 바꾸는 여기, 내가 원하는 시간에 너를 보는 낮잠 단꿈을 꿔버린다. 물이끼의 배열을 힘껏 휘젓는 한복판에서 네가 언제 올까 딸깍딸깍 발끝만 구르다 애먼 루우비만 막대기로 툭툭 떨어뜨린다. 시끄러운 소리가 나고 이걸 듣고 찾아와 줘 깡뜨 붉은 유성우가 쏟아지잖아. 날카로운 보석은 나의 정장만을 찢고 팝콘처럼 나무 높이로 튀어 오르진 않는다. 빅터, 너는 그 작은 손으로 무엇을 베어버린지도 모르고.

이제 없어진 아무 강가에 발 들인다. 없다는 건 이 숲에서 하는 나의 마지막 기침을 한숨과 구별하는 것에 다름없다. 오직 캉트, 너의 밖에서는 쓸모없는 숲의 낭만질이고 낭만은 부정적으로 쓰인다. 하늘에서는 아직도 가루 난 새의 전신이 떨어져 나무 우듬지를 수놓는다. 너와 나는 유리새 두 마리에게 초커를 묶어주고 실선을 그려 연 놀이를 할 수도 있었다. 이러한 순간을 예비한 것은 아니지만 길을 잃은 여행자가 마을로 흘러나오듯, 우리는 방법이야 본능적으로 알고 있었다. 그리하여 우리는 부딪히지 않고도 만날 수 있었겠지만. 그리하여 이 멀대같이 높은 서후리숲에서 나무 집을 지을 수도 있었겠지만.

　캄캄한 뒤안길에 웅크린 빅터는 결국 겨우내 둥그런 주먹질이 된 것이다. 흡사 여우가 지새우는 필사의 겨울잠 저 잔인한 방식과도 닮았다. 나무와 나무 사이가 후려치는 와류에 맞고도 아직 뻔뻔한 뺨, 빅터는 그야말로 창백한 볼이 되었다가 다시 불쌍한 주먹이 된다. 주먹을 쥔다는 건 가끔 가장 비폭력적이다. '올해는 시끄러운 겨울을 참아주세요' 누군가는 이렇게 읊조리며 주먹을 쥐고 기도한다. 손뼉 맞대고 신을 찾는 오랜 방식은 숲의 것이 아니다. 간절한 바람은 입 벌리고 빅터, 깜프, 나 외곬 휘어지는 나무 그루터기에 그냥 혼자 앉아있다. 나를 찾아오너라 빛의 세계는 갈수록 추악하다. 미아가 된 이끼가 자라난다. 삶 울음소리가 달아 한 움큼씩 빗장 부서지는 나무 집, 이곳으로

아키코

너의 일본식 무릎베개

직교하는 감옥이 있어

그렇게 모두 슬퍼지지만

사쿠라가 그려진 유카타 한 벌

나를 안고 아무 생각도 하지 마세요

꽃가루에 코 간지럽고

잠이 오면 그냥 잠을 자도 괜찮은

여기 비루한 품 하나와

그가 뱉는 구부러진 히라가나

나의 가슴이 너의 고국 같다면

무너지는 약속입니다. 무너지는 약속일까요?

　　푸르뎅뎅한 오뉴월의 밤과 비슷해. 그래 오후 쇠락한 토
끼풀 무더기가 점령한 초원

　　쨍한 더위와는 애먼 군락
　　무관함에 손가락을 찔러 넣어 용케 헤집는 아지랑이와
엇비슷해.

　　종이로 접은 여자 인형은 일흔여덟 시간 동안 해안선에
서있습니다. 그녀는 만조와 간조 사이에서 천천히 녹아 사
라지려 높은 구두를 신었습니다만?

　　내게 고통을 주지만 죽일 듯 칼을 꽂지는 않는, 그렇담 바
다는 "흰 모래사장을 편애하는 건가요" 하고
　　너는 읊조리다가

　　빈 종이 고깔들이 포말 위에 떠있고 소라게의 영토가 점
점 약탈당하는 절묘한 왕국
　　체위를 바꾸는 달이 있고
　　빛은 불안한 눈동자.
　　수천억 개의 불신은 너무 야하게 추락해 죽는데

어느 하늘은 넓고 먼 하늘은 가깝게도 아득해. 새를 가두려거든 바다에 당겨 와

너의 허리를 감고 싶어 그게 안 되는 연인들이 약혼반지를 주고받아 손가락을 구속한단다. 반지가 몸을 자르고 손가락은 새우깡처럼 뱃머리에 떨어져

어떤 새는 돌핀, 물속을 드나들면서 바다의 심장을 쪼아먹고 붉은 조각조각을 바람에 흩뿌립니다. 그런 날은 해풍이 뺨을 때리고 나의 얼굴은 벌건 불길로 번져

심해에 꽂힌 새를 위로, 위로 길러내. 그들은 허공에서 타 죽을 장미의 전신입니다.

푸르뎅뎅한 오뉴월의 밤과 엇비슷해. 의지박약한 풀 무더기가 바다에 심어져 있어

나는 책을 두 권 이상 챙겨서 물에 집어 던집니다. 아무렇게나 풀어 섞이는 잉크 조각들

갈매기 무리가 날아와 글자를 쪼아 먹고 허공에서 폭발합니다.

검은 축포들, 그래 검은 축포. 저 쏘아 올린 겁덩어리를 사장에 누워보면 비루한 언약일까 추락하는 칼날일까.

인어의 함

부엌입니다. 물고기 하반신을 잘라 너의 어깨만을 안아 주려던 내가 우두커니 서있습니다. 인어는 여섯 시간 동안 비닐봉지 안에서 비닐에 구멍을 뚫고 내게 사랑한다 꼬리 흔들어왔습니다. 내게 무저항하는 인어가 불쌍해서 아니 육신의 반을 덜어낼 위기에 처하고도 뻐끔거리는 인어가 이상해서 마음을 달리 먹습니다. 도마 위에서 인어 하나를 구출해 방에 데려옵니다. 살짝 베었던 상처를 치료해 주고 마름질로 비늘 달아주자 기분 좋아 어항 속에서 한 바퀴 공회전하는 인어.

배꼽 아래를 가르려 했던 나의 골반이 아파옵니다. 내가 갖고 싶은 인어 앞에서 내가 신화처럼 미끌거리는 물고기가 될 수도 있었는데, 왜 인어는 반반입니까? 나 때문에 찢어진 인어의 배꼽 거기 낡은 단추라도 달아주고 산소 공급기를 설치하는 조그만 자취방입니다. 자그마한 해원입니다. 날조한 인어 밥을 뭉쳐 경단을 만들고 있을 뿐입니다.

물처럼 나를 용서해 줘요 지상은 너무 딱딱해서요. 너는 수면에서부터 떨어지는 둥근 인어 밥을 우박이라 여겨 동굴 조형물에 들어가 해초로 눈 가립니다. 누구도 잘못된 방식은 아닙니다. 덜덜 떨어서 안아주려 해도 나의 36.5도씨는 인어에겐 뜨거워 인간의 체온은 너무 유해합니다. 귀엽고도 가여운 인어 너에게 달아줄 무해한 비늘은 오직 내 손톱뿐입니다. 탈부착식 손톱을 떼어 네 품에 딸깍 맞춰주자 몸 비비는 인어, 물살로 나를 간질이는 인어가 사랑스러워서 나는 이제 하루 종일 물에 대해서만 생각합니다. 학교에 가서도 인어에 대하여 도서관에서도 화장실에서도! 나를 반 자르거나 너를 반 잘라야 하는데.

인어 밥 우박은 더 작은 조각이 되고 조그맣던 어항은 점점 내 몸만 한 수조로 커집니다. 이것은 아마 하나의 결론일 겁니다. 밤마다 돌아누운 이불이 축축하고 옷 속으로 들어오는 지느러미가 느껴져서 나도 기분이 좋아 인어 말 사전을 서점에서 주문합니다. 손톱이야 다시 자라고 물 혼탁해질 때쯤 더 큰 수조 들여와 모든 것은 안녕합니다. 이제 수조는 내 방 절반을 차지해 누구도 들어오지 못하는 나의 잠수 지대. 문을 걸어 잠그고 미국의 숙소처럼 D.D를 문패에 걸어 답니다. 방해하지 마세요 인어가 시키지 않아도 눈빛으로—물결로—말하는 바 있고 나는 이제 인어를 대략 압니다. 물과 뭍까지 비릿하고 이제 수조, 아니 수조라 부를 수 없는 물의 방. 공기정화기로 감당할 수 없습니다.

일렁이는 인어의 몸이 자라서 내 엄지만 하던 너는 방에 나무를 심고, 휘카스 움베르타 숨을 뱉어대는 식물을 자꾸만 들입니다. 더 많은 숨이 필요하다고 나는 기꺼이 나뭇가지 한쪽에 간신히 몸 기대 잠자는 공중 기식자가 됩니다. 인어는 주기적으로 산소를 토해서 풀은 역겹다고 말합니다. 뭘 어쩌라는 거예요 변덕의 인어가 미워도 나는 풀도, 물도, 굴도 다 가져옵니다. 발을 칭칭 휘감는 해초가 방바닥에 머리카락으로 널브러지고 빨간 인어의 장발 머리, 인어를 덮고 잠자면서 나는 진주를 게워냅니다. 까칠한 산호초는 가리비 고동 떼와 등에서 자라나는 꿈 같습니다. 이제 인어는 나의 진주와 비늘을 착취합니다. 하지만 이 모든 것이 현실입니까?

아직까지는 방이라 부를 수 있는 곳입니다. 어느 밤에 유리 벽 사라지고 물 꽉 차올라 나 이제 인어와 나란히 누워 천장에 부력으로 맺혀 잠니다. 나에게도 헤엄의 형질이 있다는 걸 알게 되어서 나는 인어를 더 사랑할 수 있습니다. 수위를 낮출 생각 없는 인어의 물끄러미가 나를 물끄러미 바라봅니다. 책상이 이마 위에 거꾸로 넘실대는 것도 나쁘지 않습니다. 내게 아가미를 새기라는 인어가 천천히 천천히 다가옵니다. 거절하는 내게 신식 외래 아가미를 주문해 달아주는 너. 우리는 소통하는 완전무결한 어인족 하지만 물에서 소리는 잘 퍼지지 않습니다.

천장에서, 나 숨 막혀서 물고기 무리를 토하고 도마 위에 올라 잠듭니다. 인어는 병상이라 나를 달래며 자꾸만 부엌으로 저를 후송합니다. 엄마는 나를 까마득히 먼 날 낳으드키 이제 못 알아봅니다. 제멋대로인 두 다리를 인어가 언제 몰래 꿰어놓아 나 이제 멀리서 보면 인어처럼 우스꽝스럽게 걷습니다. 우리는 사람일 뻔했지만 정자세로 잠을 자고 깰 때마다 몸이 돌아가 있습니다. 물에서 휘적이는 꿈을 꾸면 베개에 발이 올라옵니다. 나는 인어가 탈출한 비닐봉지 저 구멍 속으로 몸을 밀어 넣습니다. 너를 사랑했으므로 나름 의미 있는 등가교환이라고 생각합니다. 내 몸에서 자라나는 비늘을 털어버릴 생각도 없이 아가미 볼을 뻐끔거립니다. 반면에 드디어, 창문을, 열고, 방류되는, 이 밤의 고인 물들과 인어. 너는 멀리서 가까이서 봐도 이제 다른 사람 같습니다.

육중한 파랑, 공교롭게도 바다와 하늘의 색은 참 닮았는데 둘의 경계는 어떻게 구분하는지 모르겠습니다. 누군가 '이 사람아' 하고 부르면 나는 돌아보지 못할 것 같습니다. 그렇지만 내가 헌신한 저 먼 수심의 언어는 이제,

사자 폐위식

오월 축제에선 화려한 폭죽을 쏜다

그럴 때마다
나는 냄새나는 다리 밑에 있었다

철저한 사각지대
구석에서 보는 빛무리는 로켓은 아니고
늘 한구석이 편집되어 보이는 오발탄이다

정면에서 본다면 저 빛은
숫사자의 얼굴과 갈퀴처럼
사방으로 퍼지는 위엄이다

꽁무니만 보이니까
도망가는 빛의 꼬리를 붙잡고
지상에
서너 번쯤 패대기치고 싶은 마음 장전되고

악랄하지만
동심원에 심어진 불의 심지가 다 빠지도록

그리하여 앞으로는 어떤 생일도 축하 없기로

너는 축제 말고 영원한 숙제라고 말할 수 있었다

캄캄해서 이미 타버린 빛 속
고층 타워 사각지대 다리 밑에서
폭죽의 굉음은 너무 당연히 반사되어 포효한다
온갖 사우스포를 위한 비가悲歌

밤까마귀들은 두려움에 떨고

고층에서는
종일 폭죽의 정수리만 본다

갈기 없는 것들은 어디에 가서 털을 붙여야 하나

내려다보는 불은 존엄하지만
올려다보는 불
다른 방식으로 사뭇 진지해서
수백 갈래로 퍼지는 빨강, 파랑

그 어떤 색이라도 근엄한 제왕의 표정이다

방구석에서
알량한 음모를 그러모으고
눈치만 보는 미어캣들은 귀밑머리에, 정수리에
그래 정수리에 오만 가지 털을 붙이고, 어—흥

펑
단말마를 뱉는다

폭죽 발사대의 고각이 점차 낮아지고 있다

반지하방에서
퇴임한 초식성 동물들이 몰려온다

재 겨냥하기

오늘의 할 일 ‖ 구글 맵에 '폼페이pompeii' 검색해서 기원 전 노천카페에 앉아보기

굳어 죽어버린 연인들의 눈 응시하기
어떤 창틀도 없이 공중에서 맺히는 사진
무릎 꿇고 저걸 누운ー이라고 발음하기

너는 흘러오는 불을 어떻게 맞이하세요

저는 메테오 앞의 쥐며느리
여기 테이블 위 마지막 스콘이 열화해요

고대의 연인이여, 연인이시여?

용암에 녹기 싫으면 테이블 위에 올라
신발을 깔고 그 위에 또 무릎을 꿇어요
당신은 내 등에 올라타
천천히 녹아가는 저를 그냥 내려 보세요
속에 잔가시가 차있을 것 같지만 온통 비어있는 재 인간

나를 보세요, 아직도 불을 보나요?
그래도 나는 당신께 경배하는 제단처럼 등과 무릎을 드리는데요

낡은 거리에 회백색 눈이 내려요
이번엔 눈인가요
끝내주는 카페 스위트 아메리카노에 쌓이는 흑설탕
나의 등에 만다라를 깔고
최후의 만찬을 즐기세요

잎을 밟고 도자기, 건물 지붕, 다람쥐 비단 로브 다 밟고
위로 위로 사람을 박제하는 우리의 할 일

양피지에 어김없이 적고 있죠
내게 허락된 자유는 오직
불쌍한 일기랍니다

불의 식탐은 비장하고 절박해요 달아나도 불의 아귀
멸망의 한 꼭짓점에서

자전거를 타고 도망치는 비탈길

카페 화장실에, 세면대에 문 걸어 잠그는 나만의 욕조가 있어요

웅크리고 앉아서 종말의 수도꼭지를 돌려요

네가 검은 구름으로 엎드린 세계를 조롱해도 나는 당신의 방향으로 입김을 불 거예요

그러고 나서

저는 환풍구로 무참한 마그마와

사람을 끌어안는 붉은 팔을 바라보는데요

이대로 아무것도 바라지 않는

변하는 것들이 즐비한 이 작은 심장
나 접을 수 있을 때마다 구겨두었지
불온한 마음은 얼른 주머니에 후벼 넣고
완전한 모습으로만 우리 한나절 황홀하게
오래 숨겨 둔 쪽지는 어쩌다가 신성해져서
너와 나는 첫 내용도 느낌도 잃을 테지만
후줄근한 청바지 밑단으로 감춰둔 창백한 것
흘러 추락하고 우연히 머리 찧는 경배
그게 이 몸을 다 돌고 온 피라고 자랑하겠지
고작 우리 등산하기로 했는데
별거 아닌 비밀 놀이에 밤새 깔깔대었지
약속을 신화나 징조처럼 내뱉고
마지막 부리를 서로에게 겨누는 회갈색 숲
사랑은 높은 곳, 점점 숨은 희박해지지만
다행히 우리는 타 죽지 않고 질식할 테지
이건 천벌도 아니고 숨 없는 축복일 거야
부족해지는 애인이여 들어주세요
사라지는 사람은 가장 추상적인 에코
사랑은 설명할 수 없는 세계만을 기도하지
나 바라는 것을 바라지 않는 것으로

여기 구깃한 심장 펼쳐지길 바라는
이대로 그 무엇도 어느 누구에게나
이제 아무것도 바라지 않는

내가 바라는 재와 천사

저건 얼마나 부드러운 비일까 얼마나 부드러운 비일까. 나는 오래 기다렸다 전화도 했었어, 착신음을 듣고 애옹- 애옹- 나 주인님을 생각하는 얌전한 고양이였다. 밤새 울면 냉랭한 기계 여자만이 응답하고 그녀는 내가 바라는 천사 아니다. 얼마나 부드러운 비인가요 나를 적셔 무겁게 죽이는 비인가요 네게 전화가 안 와서 그녀에게 꽤 다정하게 굴어주었지 꼬리도 흔들고, 그렇지만 기계 천사는 결코 비의 무게를 알려 주지 않으니까. 털실 뭉치로 공놀이를 하다가 유리창에 머리를 찧는 심심한 풍경. 저건 얼마나 부드러운 비일까 너는 몇 시간 동안 나부끼는 비일까.

고양이는 밖에 나가서 젖은 털을 만들고 싶어 부재중 메시지를 남기고 밖에 나오는 애옹- 그저 도도한 고양이시다. 너를 위해 여기 삐죽한 담벼락 구석까지 숨어들어 저 스펀지 별을 앞발로 치면 축축한 비는 쭈욱 쏟아진다. 넌 이런 거 모르지 낮에만 돌아다니잖아 밤에는 그렇게 별에게서 쨍쨍 깨지는 소리가 들리지만 나도 낮엔 몰래 돌아와 사랑받을 수 있다. 저것은 사람이고 나는 고양이지만 나의 털을 털실처럼 풀면 될 수 있는 너의 스웨터. 이건 얼마나 부드러운 비일까. 천칭처럼 한밤 내게만 기우는 비일까. 고양이 털을 눕히는 저 왁스 같은 비가 나를 풀 죽이고 이제 누워있는 마음은 어떻게 할지 생각한다. 얼마나 부드러운 비였을까 고양이는 기어 다니니까 비를 묻히러 나온 이 밤의 필연적인 고양이는 그냥 웅크린다. 그렇게 긴긴 우기를 피하다 보면 사람은 비의 질감을 도저히 이해할 수 없고

우린 왜 이렇게 투명한 혀를 가졌니 그루밍하는 고양이를 다그쳐 물어볼까, 다그치다가 울어버릴까 같이 울어버리다가 비에 죽어버릴까. 우리는 축축하게 살아있어 그렇담 하얀 혀는 병을 쓸어주는 거즈니. 비는 무서운 재거나 다정한 천사 둘은 공중에서 뒤섞여 죽는데 우리는, 우리는 다르다. 사람들의 속옷은 비가 아니라 다른 이유로만 젖는다. 하지만 항복하는 밤에 대해 논의하는 고양이 모임은 비를 피해 차 밑에서만 진행된다. 서클, 나의 사랑스러운 고양이 서클 사람들은 한데 모여 춤을 추지 저기 날아다니는 것들과 손 붙잡고. 지상에서 형용하는 댄싱 피버야. 바닥에서 죽는 것들은 모두 피신 온 고양이의 애도를 받는다. 날아오는 건 다 재 같지 그렇지만 내겐 천사의 뒷모습이야.

축축하고 어두운 백야행 이 비와 밤과 천사가 모두 도도한 고양이의 어금니 같은데 나의 사람은 모르신다. 너는 오늘도 딱딱한 비가 싫어서 우산을 편다. 나는 이 순간에도 전화를 걸어 영원이라는 거짓말을 초대하는 이질적인

천사…… 그의 젖어있는 얼룩무늬 뒷다리 밑단 바깥 검은
재를 쓸어와 레드 카펫을 더럽힌다. 사람은 슬퍼하지만 나
는 애-옹 웃는다. 부드러운 비를 맞았었는데 아픈 것들이
몸을 점령하고 있다. 젖은 고양이 반점들, 다 푸른 이 밤 단
단한 멍 같은 것들.

푸쥬

─

너는 슬플 때 비밀이 없다
참 시시하지

베란다에 가만 앉아있는 낭만주의 유령
식탁보를 둘러쓴다 수줍게
꼭 살아있는 사람처럼

분신한 토스트와 어그러진 우유
그걸 보고도 우린 부러 치우지 않았다
침대에 널브러진 동물들처럼
화려하게 젖은 식탁보 저 두 구멍이 나를 바라보는데

익숙해, 엉엉 푸쥬 앉아있어도 등이 없는 너의 뒤편

훌리건들이 슬픔을 토로한다 괜찮아도 괜찮다고
마후라를 동여매고 그들은 슬픔을 교살했다
우울할 땐 울어야지 뭘 어떻게 해
유령은 몸이 없고 사람들은 목이 없으니까

–
베란다에 목제 의자 하나가 놓여 있다
나는 아직 엉덩이가 있는데

빵 조각이 검은 수의를 입고
우유가 곰팡이를 구토하는 30분 동안
목울대에 빨대 하나 길게 꽂고
너는 할 말을 우걱우걱 삼켜왔다

검게 그을려서 바삭거리는 식빵 가장자리를 손으로 떼
어내다

푸쥬, 한숨 쉬는 너의 방이야
방 한편에
희멀건 천장에
하얗게 언 알전구가 부서지고 있다
너 작은 손으로 개켜놓은 조각 빙하
표류하는 북반구처럼 경계를 바꾸다

음울한 레–디–오 언제부턴가 가사 없는 간주가 가장
쓸쓸하다

  –

  나는 손끝 거스러미를 뜯어내다
  소리를 질겅 씹는 사람이지만

  너의 등이 계절이라면
  이것은 우수수 부서지는 허밍 이것은
  한철 허울 좋은 저편의 풍광
  비밀은 모두 멸종한 지 오래라
  네가 만든 암호는 내겐 비난이야

  부르튼 새가 허공에 쏟아지고
  개가 다친 발 내미는 집
  사전에 없는 의성어는 용납될 수 없는 울음이지만
  너는 한동안 전복될 리 없는 풍경이셔서

  SAVIOR

그 이상도 이하도 아닌
쓸어줄 뿐이 허다하다

–

구원을 원했는데 창밖 풍경 속에서 우수수 쏟아지는 여
장 남자들
그(녀)는 사랑을 원하다가 죽어서 행복한 표정을 짓는다

바닥에
입 맞대면 기분이 썩 괜찮아
표정이 묻어나는 프로타주가 있어

나는 괜찮은데
사람들은 생뚱맞게 안부를 물어온다
더 이상 내게 얻을 거 없잖아요
(그리하여) 또 우리는 베란다 난간에서 비밀 하나를 만
들지만

궁금한 너
수수께끼는 모두 실족사했고 멀리서 본 뒤통수가 절벽

같았다

사인을 적자면
너는 미묘하게 추락하는 것으로
암호 가득한 사전이 두터운 하드커버를 벗고
새 발자국은 동구 밖에서 왈왈 짖어대는

–
푸쥬
푸쥬– 하고 울음이 가득한 계절(이것은 공감각이다)

사람들은 너의 유언을 해석하려 하지만
내일도 먹먹한 소리엔 아무 의미 없을 거다

울어주세요 양치하면서

얼굴을 보세요
퀭한 눈두덩이가 있어요
내가 달고 있는 간판
불안하게 점멸해요
저는 어릴 수도 있어요
아직 하얘진 적 없고
양치하며 동시에 노래를 부를 수도 없어요
나는 갈수록 하얗게 마모되어요
마지막엔 한가득 게거품을 물까요
세면대에 뱉는 솜털이 속죄양으로 뛰어가요
수위를 낮춰 가는 나의 얼굴을 보세요
치약의 거품에서는 자꾸만 단맛이 나요
저걸 삼켰어야 했을까요
검은 눈동자가 흰자위를 밀어내요
한마디도 못하고 멍청하게 번쩍거리는 앞니
무참하게 너를 갈아 없애요
허무하게 내 손에 의해 낮아지고
아프게 그래, 잇몸이 깨어지면서
늙은 사람을 하루 세 번씩 갈고 있어
층층 빛나기 위해

과거는 피난하고 있어

한참 거울 앞에서 울었어

아직도 검은 옹이가 어금니에 박혀서

이를 부수고 거울을 부쉈어

피카소 그의 뾰족한 광대뼈와 어금니

입체파로 조각났어

하루 종일 비가 내렸다고

말할 수도 있겠어

유리에 물이 묻어있고

한참 문질러도

마모되지 않는 것이 있어

울먹이지 않는 얼굴이여

사라지지 못할 것으로

나는 연거푸 음울한 표정을

지어

이 기도는 구불구불한 예배당 앞길을 걸어 다닌다

다리 하나 몰래 접고 몸수레 끌던 거짓 병자와

돌담 앞 악한惡漢이라 정의된 걸인

저 사람들도 기운 어깨를 펴 집에 돌아가면 기도 올리겠지

신은 왜 무참하게 바라는 것을 들어주지 않을까

너무 비스듬해서 고딕 양식으로 미끄러지는 무른 기도

부서진 기와를 쌓고 하릴없이 무너뜨리듯 무기력한 소원
들을 본다

간절히 그리던 것들은 오후에 다 어디로 사라질까. 아무런
의심 없이 먼 예언이리라 믿었다

나는 네가 되어본 적 있는 표정을 으레 주머니에서 꺼낸다

퍽이나 그래, 내 염원도 이루어진 적 없었으니 천 원을 적
선하려다

깡통 안에 돈이 쌓일까 봐 그따위 생각에 두려워져 그만
둔다.

장기를 게워내 드리는 것도 아닌데 짐짓 위대한 표정을 짓
는 사람들 이것을 헌금이라 불러도 될는지

주머니에 손을 넣자 파이프에 팔목이 낀 듯 교회당 앞 한참
을 그렇게 서있다가 돌아온다

돈을 주면 네가 일어나서 밥을 먹을지 담배를 태울지 궁금
한 오후 다섯 시 반

기운 고개로 십자가를 읽으면 자꾸만 X로 보이는 성흔

종탑에 머리 들이받던 새의 신성성이 부정된다 발이 마모
되는 거리에서

우리는 하나같이 으스러질까. 돌담길 뒤편에선 주차장 회
원권이 반짝거린다

그들은 종국에 승천인지 증발인지 모른 채 몸이 가벼워진다

허공에선 다만 보라색 구름이 잠깐 부푼 건반을 흉내 낸다. 그것은 들리지 않는 노래

싱커페이션, 음울한 멜로디가 엿가락처럼 늘어지는 천당의 입구에서

늙은 헌금함에 침 뱉고 그가 다정한 집에 돌아가기를 천 원만큼 빌어준다

너를 어떻게 구원해야 할지 모르겠다

우리가 허연 베개 위 한데 머릴 모으고 잔다면 같은 꿈을 꾸었다고 말해도 될까

그렇지 못한 날이 참 많아서 우리는 비정한 신神이 된다

나는 나의 사인을 모른 채 죽겠지 팔 벌리고 십자로

늙은 회당 언저리에서 너는 내가 성스럽다고 말하게 될까

제2부 우리가 잃어버린 것들이 어지러이 쏟아져 있는

범법을 저지르는 수비대와 공터

*위
에게
고작
그런 표정을 접어달라니

우리 새의 몸통을 엄지로 누르자

*자판기
흘러나오는
빛

300원어치 들개를 주문하는
앙상한 개, 코코아색 어린아이

홍차와 유모차
누군 먹히고 넌 누워서 굴러다니지
쏟아지는 구릿빛 동전들
탕자들

열면 춥고 텅 빈 액체 기계 아래
둘러앉아
잠을 자

*새
한때 쪽지였던
날갯죽지와 부리
붉게 덮여 굶고 계신다

알바트로스 알바트로스
편지 한 무더기를 턱에 욱여넣고 와
주르륵 묽어지는 회백색 비둘기
너는 못 나는 척해

나를 검지 손톱으로 펼쳐주세요

*아래
우리의 제도

뭉개진 발음으로 대화하는
너의 모든 것

입에서 돌아가는 톱니와
휘파람, 나만의 소란
동전을 떨어뜨린다
…………………………
새 날개는 허정 접혀 있고

*다른 자판기
종이컵에 입술 반을 묻힌다
꼴깍거리고 너는
아직도 제대로 말을 못 해

바람을 부세요 히라가나풍으로
너의 소유로 바람을 끌어오는 방법
대화는 허가제야
너는 국문으로 신고했지

점선에 가위를 들이민다
실선이 접혀 있어서

자르고 싶으면 자르는 거지 뭐
붙고 싶으면 붙어

경광봉을 흔드는 수비대
뛰어오지도 않고 걸어온다

*공터 뒷길
실개천 물의 입
되접을 수 없어
"다음은 뭐야?"
아무것도 물어보지 않는
그의 찬연한 입

나는 새를 입고 있어서
팔에 휘감은 빛의 수비대

공터에서 내 것인 완장

취한 햇무리는 등에 업혀 있어서
새를 버리고
땅에 묻어버리고
돌아오는
길

걸어 다니는 야간 풍경들
완장질

*절벽
개를 잃어버렸어?
이건 범법이야

입가가 떨리는 먼 길을 걸어오세요
몸통을 끌어서

가드레일을 들이받는 불쌍한 새

~~추락 주의~~

실선을 접어주는 아침이 있어
그때 나는 숙소에서
동전을 우유에 말아 먹고 있었다

입천장
그는
안쪽에 나앉은 수천 마리 새 무덤지기

*퇴근
개가 얽혀 있어 새가 익고 있어
이것은 박수 이것은
빛의 이데올로기
너는 말을 못 해

혹시 사람을 읽고 있어?

광고: 서브웨이 나흐트 무지크

이 시간, 지하철역 너무 빛나는 광고 누가 꺼주나요

우리 스킨로션 앞에서 만나
사람들이 서로 부드러운 볼을 문질러줬으면. 그러니까
정확히 사십오 도로 웃어주는 화장품 모델 씨, 밤엔 고개를
돌려 주세요. 시끄러운 거긴 지난 계절의 빛이잖아요

찬 공기도 개찰구까지 잘도 걸어왔는데, 한 줄로 바람 뒤
에 서는 사람들 멈추면 뒷사람이 곤란하겠죠.

우리 만약 이곳에 서서 딱 오 분만 커피 마시고 간다면
프림처럼 부드러운 볼을 가질 수 있나요

전철 안팎은 모두 법원을 나온 표정. 내리는 사람과 타려
는 사람들이 어깨를 파먹고 가요. 우리에게 무슨 죄가 있던
건지 너의 어깨는 하얗고 네모난 두부

천장이 무너질 것 같으면 노약자석에라도 앉아 얼른 속
죄하세요

하얀 전광판 빛은 천당의 엽서, 연인들에게 언제나 역전
은 밝아요

빛나는 연인과 수만 럭스의 표정들. 몰랐어요, 여긴 언
제부터 지하던가요 눈먼 연인들이 잊은 흰색 포스터, 빛나
는 선전 곁에서 누군가는 깡통을 차요.

그림자, 형태로만 생겨난 사람 역광으로 너무 잘 보이
는 행인들

어디서나 덧신이나 신 같은 걸 팔고 안 사면 불신과 지옥
이라는 나흐트 무지크. 시끄러운 이 밤 대리석 같은 너의 왼
쪽 볼을 봐요. 로션을 쭉 짜버리면 전구가 꺼질는지 너는 눈
부셔서 그저 잠을 자고 싶은데요

광고는 웃는데 빛을 등지는 부랑자와 사과 박스. 골판지
속에서 닦아내던 러시아산 알전구가 굴러가죠. 그걸 발로
차면서 잘도 걸어가는 사과 벌레가 밤을 탄주합니다.

악수도 없이 무명 역에서 환승해요. 뭔가 이상하다고 말
하고 싶은 지하 터널

무심한 연인들은 아무 데서나 부드러운 볼을 자랑해요. 그들은 시가 써있는 유리 벽을 타이포그래피로 읽다가 문 열리면 시詩를 잊어요.

내가 6연 즈음에 무슨 노래를 불렀었는지 매정하게 기억해 줘요

매년 나이를 '먹는다'고 말해 봐도 이곳 지하도 사람들은 거식증을 앓아요. 긴긴 지하도를 지나며 추위에 움츠러든 몸
적갈색 녹슨 호른 같은 저 굴곡진 육신. 로션을 발라 후 불면 부푼 네 몸에서 재즈가 흘러나왔을까요. 분주히 손가락을 움직이는 이 구릿빛 밤에, 점멸하고 소란스러운 아무 개 역에서 매끈하게 버스킹하는 외국인들.

너는 이 시를 찢겠죠 연락처는 없으니까 벽보로 붙여 주세요. 지난밤 당신도 무임승차를 했다는 걸 나만 알아요

이번 역은 어디라는데. 사람들은 듣지 않고 직감으로만 내려요 그럼 꺼지는 하얀 불

북향

유리 조각이 부는 아침 같아
종이로 된 여자
구멍 난 우산을 찢고 태어나는
오래된 물비린내, 같아

사람이 사선으로 여럿 걸어가면
장마일까

우산을 비껴 쓰고 몸 튕기는
물의 계보

너는 녹아 없어진다
전라가 되는 측면, 아름답게 먼 곳에서
불어오는 몸

음악이 없는 식탁에 앉아
여기는 표류하는 빙벽
체리 파이가 미끄러져 조난당한다

식탁 밑에서 헛발질을 하는

아무래도 멍청하신 포크였다가

방 안쪽에 차오르는 물
창문을 닫아 계절을 암시한다

나는 순식간에 음란해져서

CORRIDOR

사람을 꽉 안아도 어떻게든 틈이 생겨. 모르는 저곳은 방, 여기는 복도. 나의 가슴에 정물화를 걸고 여기 너를 앉히려 했다. 벌레 먹은 사과 그림과 너의 붕 뜬 블라우스. 밀착해 안아봐도 하얗게 주름진 우리의 굴곡. 실금 잘게 깔린 저 완벽한 허그를 보세요. 통로예요 천천히 걸어가세요 벽지 무늬가 수천 개 감자의 눈 같잖아요. 몰래 키스할까요? 이곳은 길고 습한데 나와 있어달라 말하는 나의, 나의 기약 없는 복도일 뿐이니까. 복도를 어떻게 생각해? *(저 방으로 건너가기 위한 수작이지)* 복도에 침대를 질질 끌고 와 잠자는 우리. 우리는 군중 한가운데서 껴안는다. 두 사람의 틈새에 온기가 찬다 그럼 잠깐 좁아질 수 있는 복도. 천장에선 직부등이 번쩍여 나는 전선을 당겨 네 눈을 멀게 한다. 가까웠다 멀어지는 복도. 모른 척하는 나의 익살과 찬란, 장난을 너는 다 간파한다. 너를 온몸으로 당겨 안아도 생기는 복도. 통로 없는 단칸방에 너를 머물게 하고 싶어 모퉁이에 키 큰 벤자민을 세워도 보고, 빨간 물감으로 사과 구멍을 메우는 나만의 보타니컬 가든. 잠깐 우리는 풀 먹은 녹색 손톱을 가졌어. 그럼 이제 복도는 정원이야? 너를 끌어안으면 물 냄새가 스민다 범람하는 붉은 벽지 뒤편의 액체들. 벌레 먹은 사과가 굴러떨어지고 창밖 해가 계단을 걸어 내려온다. 그걸 누군가 복도로 데려와 질러버린 불덩이라 말한다. 소문은 좁은 벽을 타고 건너와 터널처럼 함께 울어주는 우리의 복도. 불꽃이 벽면을 다 태워버려서 이제 차도 지나다닐 수 있는 넓은 복도. 몸과 몸 사이에 나 있는 어둑한 길. 저 방으로 건너가기 위한 잠깐의 통로지 한때 뜨겁게 안고 있던 복도 한가운데 침대를 놓고 선잠에 들었었는데. fin

다비드상의 축소 레플리카 모형을 제작했습니다

저 완벽한 다비드

손가락만 해서 실수로 밟을까 유리병에 넣은 온실 속 석상 나를 바라보고

분무기로 물을 뿌려줍니다. 3D 프린터로 뽑아내서 아직 콧잔등에 뜨거운 석고 가루가 묻어있는 너, 붓으로 털어주고 헝겊으로 닦아주면 굴곡진 벽면을 똑바로 쳐다보는 너.

한 세상이 회백색 물에 차茶처럼 우려져 나와 나는 그걸 다 마시면 몸이 줄어드는 것 같아 매력적인 다비드 길들여서 유리 보관함에 진열하고 싶은 나의 석고 인간, 나의 사상. 너를 물고기로 부를 때마다 동그란 눈이 양쪽으로 벌어진다. 나는 너의 왼쪽에 서있어 다비드. 오른쪽 눈깔에는 차안대를 씌우고 이제 너를 달리게 할게.

너를 충동으로 부르면 잠깐 1mm 정도 훌쩍 자라 내게 다가오는 다비드

그는 러닝 머신 위에 서있습니다. 삐걱거리는 다비드 그는 6.5km/h로 총 342칼로리를 소모할 겁니다. 내가 정한 방식

으로 석고상이 빠르게 다가옵니다. 달려와도 발이 너무 작아서 걸어오는 것처럼 보이는 저 귀여운 다비드, 나를 원망하고 더 크게 만들어달라고 소리 지르는 레일 위. 이미 출력된 구두 문수를 늘릴 수 없으니까

　나는 눈을 작게 뜨고 허리를 숙입니다. 어안렌즈로 보면 내 귓불만 한 다비드 너는 커다란 고래야, 가슴이야, 삶이야, 얼간이야, 없는 유니콘이야, 다정하게 말해 주면 뭐든 안심하는 다비드.

　저 완벽한 다비드

　만족하면 매번 단상 위에 올라 폼 나는 자세를 취하는 다비드. 석상의 미려한 육백 결 근육질을 따라 빛을 흘려보냅니다. 내게만 반짝거리시는 은총. 허나 백팩을 메고 있어서 내게 단 한 번도 뒤를 보여 준 적 없는 다비드. 등에서 붉은 가시와 은밀한 불길을 키워내고 지느러미로 감춰왔던 다비드

　이것은 방화범이 지르고 간 불입니다. 우두커니 멍청한 저것은 녹슨 소화전이고요. 내게 말대꾸하는 다비드 변명

하시는, 저 완벽한

　하얀 석상. 붓으로 너의 배꼽부터 채색합니다. 너의 배
낭 속에는 페트병이 잔뜩 들어있어. 250ml 병에는 불이 가
득 차서 마시면 자작나무, 심장의 숲이 으스러지고 검게 무
너진 곳에 너는 수영을 한다. 완벽한 다비드 그는 불을 헤엄
치고 마시는 아폴론 갤러리에서 왔어요. 도망마저 완벽한

　망망대해에서 황금 비율의 포즈를 취하는 회백색 얼굴.
허공을 사선으로 내려다보는 다비드. 나야말로 커다랗게
발기하는 꿈을 꾸는 전라 인형.

　이쑤시개로 찍은 점 하나를 눈동자라 주장하면서 1mm의
천분의 일도 안 되는 시선으로 다비드. 너는 불을 마시고 내
게 불을 쏟고, 척추를 연장질하고 허벅다리를 떠는 자세를
취하고, 어느 유리 캐비닛 안에서 여섯 방면으로 반사되는
얼굴. 너는 내가 싫어서 이제 빨리 달려 조각가야말로 석상
의 검은 꿈이라 말하는 모조 인간.

　나의 뺨에서 긁힌 석고 가루가 묻어나온다. 꿈의 다비드

를 몽상하던 나의 손톱 밑에 끼어 분말로 죽은 다비드. 이제
없는 다비드와 고장 난 3D 프린터 저기서 나의 뺨으로 날아
오는 완벽한 다비드의 커다란 오른손

썩은 엉겅퀴 화원

*

어두운 그림자를 나눠 쥐고
반씩 돌아가는 우리

귀에 엉겅퀴를 매달아 주던 불쌍한 우리

그럴 수 있어 뭐 알아둬 사랑에 선동당하고

내게 정색하시는 수백만 갈래 초목
뒤편에

낯선 사마리아인
너의 등이 내겐 얼굴인데

　얼. 굴? 어딜 만져도

　　　내게 뻥끗하는 구멍 하나 없어

입도 뻥긋하지 못하고
피어나는 꽃

저게 다 화사한 죄야

반씩 남아있는 조용한 마음
낙서하고
다 흙으로 지워버리고

사람의 물그림자, 어른거리는 윤슬

　　사람을 꽉

안고　　자는

이 비루한 작약꽃 무덤

*
저 전령들이
터벅이며 길을 돌아와 긴 숨을 풀어내잖아요

내일은 나의
몸 위를 타고 오르지 마요

밤의 에코 멍청한 이명
새벽을 찢는 닭 목청을 잡고 서있을 수 있는지

우린 몰라요
그러니까

밖에 있는 거 알아요 그냥 가세요

당신과 듣던 브람스를 끄고
말린 오렌지 껍질을 동전처럼
하나씩 세는 밤

뜯어진 지층 모르는 대륙 어느 섬
주황 암석들이 표류하고 있는데

손톱이 우수수 낙화하고
그걸 다시 섬으로 읽는

숨을 조르고 풀어대는
고상한 나의 악취미는 무엇인가요

잘생긴 블랑쇼 너를 John Doe라 부르고 싶은

여자의 그늘진 벙거지 모자 아래, 이제 블랑쇼우 그 사람 결코 없기를

늠름한 블랑쇼 내가 질투하던 저 굳건한 두 팔뚝. 그를 모네의 아침처럼 안아주시던 당신이 기이하게 휘어지는 프랑스풍 유화라면 이제 나를 사랑하세요. 자전거 앞 바구니엔 빵이 있고 왼쪽으로 고개 돌려 쉽게 조각내는 빛, 변덕의 빛, 배반의 빛이 되세요 이름 없는 나란 정물도 그늘 안쪽에 휙- 그려줄 수 있겠지.

여자의 곁엔 여전히 뜯겨진 불란서 낱말 몇 개 B l a n…ch o… t, 아직도 블랑쇼란 남자의 너무 역겨운 이름 선명히 살아있다. 너는 미망인의 얼굴로 그림을 그리신다. 나를 사랑해 줘요. 빛 번져 추해진 나야 블랑쇼우 아닌 풍경 어딘가에 붙어 후려 맞고 싶은 뺨도 될 수 있지. 그때 너의 화폭은 부은 어금니로 들큰 달아올라 있겠지. 깨물고 싶은 빛과 바람 그리고 블랑쇼, 블랑쇼는 전사했을 거라고. 그를 기다리는 풍경 외곽의 풍차는 너의 기도처럼 오래 살아있다. 바람이 사람의 턱을 올려 치는 풍차 날개로

내가 되고 싶은 블랑쇼, 풍속 제로 튤립으로 정원에서 고
요히 죽은 블랑쇼

이제 배반에는 히아신스 꽃다발이 유행이지 붉다란 뺨,
시퍼런 잎이 나비 날개처럼 얇아서 모두 접어도 되는 거라
면. 기다란 블랑쇼를 접어서 날아오지 못하는 것으로. 네
게 없는 블랑쇼, 여인은 이제 빨강과 파랑을 모르는 사람.
기어 다니는 비행 곤충의 한살이로 블랑쇼를 마구잡이 콜라
주해도 괜찮겠지.

아직도 기다리는 여자는 관다발로 가슴을 치며 블랑쇼-
우 안부를 물어온다. 저 불쌍한 사랑을 기다리는 센강 변
에서 '염치 없는 블랑쇼우, 블랑쇼는 죽었다'고 내가, 내가
거짓 전보를 뿌렸었다. 그럴 때마다 우리의 벙거지 모자는
병약한 꽃무지 무덤, 곰팡이 핀 바게트 또는 베케트, 거꾸
로 길쭉해져 나는 빵집에서 구도를 잊은 화가가 되기도 했
었다.

네가 그려놓은 사과가 접시에서 굴러떨어지길 바랄게 데

구르르 블랑쇼, 피멍 들어 죽은

 이제 죽은 남자의 쟁반을 햇볕에 말려도 되겠어요. 프랑
스 집시들이 악기를 연주하며 목관으로 걸어가는 여인의 창
밖. 아름다운 챙 모자 아래엔 아직도 블랑쇼우 그가 있나?
있을 거라는 너희들의 추론은 다 개소리 무수한 유령 몽타
주를 들고 네게 돌아오지 않을…… 블랑쇼 블랑쇼는 얼어붙
은 북국의 화가. 물감이 다 굳어 유화로 사랑을 그려줄 수
없는 수채화가.

 되고 싶은 블랑쇼 풍속 제로 튤립으로 죽어, 여인의 정물
로 그려지는 블랑쇼

 아름답게 사라지면서 태어나는 인상파 새끼손가락, 미래
의 나를 약속해 줄 데생은 스스로의 이름을 모르지. 불리지
못할 나의 이름처럼 거스러미를 뜯으면 신원 불상 '불랑서'
라는 낱말은 물처럼 사망을 선고받을까.

 벙거지 모자 아래에서 기워낸 북국의 찬 공기가 몰려온
다. 집시들은 튤립을 치마에 두르고 블랑쇼, 풍차를 에워

싸고 그 개 같은 이름을 기어코 한 계절 축복하는— 뉴올리언스 같은 모르는 이국 불빛이 모두가 내 것이었는지. 나야몰랐지 모자로 가릴 수 없는 해의 영감이, 프랑스 발밑에서나를 졸졸 따라다닐 줄. 블랑쇼의 것 결코 아닐

부화한다

욕조에 입수하는 오후

꽃처럼 부풀어 만개하는 체모가 있다
내게 남아있는 마지막 꽃과 나비의 형질
나는 물에 알을 낳았지

추잡한 살비듬이 꽃가루 대신 수면에 떠올라서
나는 젖은 비행체가 될 수 없다
시들어 죽는 한살이 꽃무지 무덤
하루에도 수천 번 접어온 내 무르팍마저 볼 수 없다
접힌 팔오금은 휘저어도 날갯죽지가 되질 못한다

물에 잠겨 실종되는 영원한 잠수
익사자가 될 무렵 뻐끔거리는 수중생물처럼

목소리는 물거품이 되고
세상은 조용히 나를 찾는다 밖에서
수도꼭지나 시계가 소리 내는 방식으로

머리를 담그고 있을 때 들리는 시침 소리

그 소음은
공중으로 건너오라는 창唱이다

내겐 온몸을 찌르르 파고드는 절규로 들린다
물방울이 일으키는 파문과 히스테리

욕실 벽면에 붙어있는 줄눈 타일이 좌표 잡아주면
박달나무 북채로 힘껏 때려
벽 뒤 해일을 끌어올 큰 북소리로 울린다

삶이 무서워져서, 그래도 이제 나가야 하나
한참을 인고하다가 수중에서 잠들 뻔했다

마름질로 은빛 비늘을 몸에 치장하는 수심 육십 센티미터
물에 귀화할 뻔했다 나는 관통되며
무성한 탁류
빙하 아래 갇힌 물고기의 말을 한동안 중얼거려도 보았다

수면 아래에도 얼굴 하나 비친다
물 밑에서

얇은 귀 두 개 배지느러미처럼 팔랑거려서
장엄한 물보라 치고
욕조 밖은 언제나 묵묵한 세상

우리는 늘 건너편을 그리니까

배수구 아래로 흘러가는 저 소용돌이 후
수챗구멍에 엉켜 남아있는
검은 나비 날개
그것은 어제 밀려오던 바람 언어의 복기

가장 검고 둥근 서명을 뽑아낸다
나는 물의 복막을 찢듯
곤충의 알 같은 이내 머리를 밖으로 뺀다

오늘은 브라운아이드소울 노래를 켜야지

뮤직비디오 테이프 하나
컷 신 #1 눈밭에서
눈을 뿌리고 팔 휘저으면 백지에 날개 돋아나고
넌 웃고 있다
언제고 증발할 수 있는 한살이 배추흰나비처럼

쌀쌀한 주남지 다리 밑 남아있던 낙서들, 수많은
—*20XX. 모월 모일 K야 사랑해*
—*우리 오래오래 영원히*
같은 거

낙서에서 연인들은 하나같이 후회하지 않는다
잉크 자국이 번져 변태하기 직전에

레코드판을 돌린다 턴테이블에 바늘을 걸어
가장 음울한 클라이막스
촘촘한 마름질을 하듯 슬픈 노래를 재봉하고 있다

늘어진 테이프 하나, 허공에 흩뿌려진 눈
해무처럼 자욱한 컷 신 #3 테잎

빛 먹은 필름처럼 후렴구가 흐릿해지는
우중충한 노래 혹은 계시
처럼, 너는 철저한 남이 될 준비를 하며

새벽부터 샌드위치를 우걱거린다
멸망하는 주홍빛 풍경을 바라보면 허기가 진다
눈과 코, 입만 빼면 다 있는 엎어진 스노우맨
처럼 물이 되었다가 공중으로 역행하는 진화

원래 있던 곳으로 돌아가는 중에 벽을 바라보면 천당의
노래 잔뜩 울리게
허밍한다 음음, 눈 내려 허연 벽지 어느점마다 도돌이표
를 찍었고
부딪힌 소리 돌아와 폐부 찌르는 빛의 파르티잔

이건 어느덧
유행 밖 오랜 노래가 되어있네

스트로베리 칠러

바라미 손을 잡는다
깍지 사이를 넘나들며 뜨거운 것으로
머물 수 없는 피날레 그건 모두
오직 아름답고 비장한 순간들

그렇게 그냥 그냥 한 사람의 옆얼굴이 있었네

우리는 높은 곳에 나란히 서서 한때 덜 쓰인 일기로 사람
을 부르짖었다
내일도 뭔가 씌어야겠지만

사선으로 쓸어주던 턱은 아리고
내가 울자 그도 덩달아 우는 참 부드러운 마음
여명, 자글거리는 빛 멍울이 눈꼬리에 쏟아졌다

행운일까 우는 얼굴이나마 볼 수 있다는 거
너의 창백한 턱
한참을 저 빗면에서 미끄러져 왔다

우리 멋있게 살자 병신같이 말고, 그러다 결혼하게

나무가 동전 소리를 낸다
뺨 맞는 싸구려 야망
바람에 헝클어져 어지러운 생머리와 몽마르트르-
아닌 동산 위, 여기 남루한 머저리

너의 귀밑머리에서 오래전 달아준 큐빅 귀걸이가 쏟아진
다. 순결한 배꽃에 박힌 우리의 불꽃
봄의 루비이거나 창백한 축포 변색되지도 않고
언제까지나 묵묵히 아름다운

오늘 밤은 바람이 저 바라는 방향으로 쏟아져 멀리 도망
간다. 나는 찬 공기를 홀짝이며 한기로 흩어질 얼음 단꿈

네가 바라보는 곳에 눈을 맞춰본다
가난한 뒷산 두 개 포개어 길게 안아주는 산세
색소에 혀가 붉게 침착할 때까지 깔깔거리며
우린 웃는다 단단히 뭉쳐
바라메관통당하지않는다

20

붉게 줄지어 서있는 여수낭만포차거리 포장마차 사람들
이 바닷가에 불꽃 퀼트를 수놓았다. 그려질 수 있는 믿음 그
것은 공동의 모닥불로. 밖에서 보는 벌건 안쪽이 참 다정해
서 꼭 취해도 된다는 허락을 받은 것처럼 우린 넥타이를 푼
다. 얼큰한 어묵 국물을 쇠솨− 들이켤 때마다 바다 짠물이
갈라진다. 어제의 고민이 테트라포드에 깨어져 뭍에 못 오
를 야경으로 남는다.

파도가 가슴을 치고 멍이 든 세간世間, 칼바람 가득한 밖
을 생각할 때마다 짠맛이 일었다. 헤어진 연인이나 취업률
같은 이야기를 테이블 밑에 몰래 흘리며 우린 발목이 시렸
으나 무엇도 나무라지 않았다. 네가 취하고 나는 안 취했는
데 우리는 취했다. 쏟아낸 이야기들이 바닥에 축축해서 어
지러운 얼굴들…… 우린 서로를 위무하는 바다의 춤 되어
누구나 살굿빛 얼굴을 지워가는 여기

허허한 공터, 모두 다 열기 그윽한 곳으로 몰려와 손바
닥을 펼쳤다. 휘어진 생명선이나 걱정할 재물 운 같은 것에
연연하지 않고 사람들은 운세를 운명으로 읽지 않았다. 손
바닥 합곡혈 실금마다 불을 옮겨 왔으니 그것은 열기− 그

것은 취기 가득한 악력─ 다시 꽉 쥔 술잔을 부딪치는 얼굴
들이 있다

　날숨을 가득 추려 꿈에 부푼 연등. 홍조 띤 포장마차가
세염 없이 물살에 흔들리다 밤바다에 정박했다. 거기 꿈을
만적하고 위로 떠오르려 하는데 어깨 너머 밤새 표류하듯
흔들리나 가라앉지 않는…… 저 여린 얼굴들의 불꽃 판화여

홉의 벙커

디스토피아 황급히 물과 아이들만 챙겨 지하로 왔다. 애애, 적들은 수천수만 배 큰 몸집을 끌어 우리 왕국을 침략해 왔어. 흙의 방 하나에 내가 들어가고 놓고 온 시계는 이제 낡은 전유물 그저 박물관을 예견하는 나침판이다. 하루를 아흔아홉 시간으로 상정하고 흙을 먹는 저 비루한 롤렉스 마크. 서른 시간의 잠과 잠의 색채를 기억하는 스무 시간 후 마흔 겹 하루가 온단다. 그건 꿈을 세 번씩 꾸는 새로운 룰이었고 멋진 잠자리를 위해 자명종 대신 스노 볼을 여러 번 뒤집어야 지샐 수 있는 밤*. 점점 땅 위 빙점을 잊는다 세계가 멸망한다면 오늘은 무얼 할 거야 젊은 연인들은 멸망의 날 직전 섹스를 한다. 태어날 수 없는 아이를 위하여! 우리는 울지 않기 위해서 유리구슬을 뒤흔드는 비혼주의자다. 애, 작은 알갱이들은 몰락의 직유법이야. 애애, 여기선 가슴을 흔들면 흙먼지만 뿌예진단다

흙. 금.

　　　　　눈

　　내리고

　　희망

　　　　　　　　없는

멸망한 국가의 화폐처럼 용오름 한다. 건물을 띄워 이사하는 종족 우리는 테란** 송두리째 옮겨 온 절망을 잊고 다시 갉아 먹힌다. 테라포밍 우린 여태 본 적 없는 새로운 정복자의 표정 롤렉스를 꽃 한 무더기에 팔고 피어난 부유물들을 꾸역꾸역 지하로 밀어 넣는다 도망쳐 온 우리 새로운 정복자가 된다던 빈 땅의 식민지화. 사람들은 여전히 가슴과 팔짱 자신의 모든 품을 팔고 롤렉스 시계로 목을 맨다.

* 21세기에 꽃이나 금가루가 흩날려도 스노 볼이라 부르는 기묘한 장치가 있었음. 당대에는 눈을 채워 넣는 것보다 금가루가 휘날리는 것을 사람들이 선호했던 것으로 사료됨.

** 블리자드 사의 게임 스타크래프트의 종족 중 인간에 해당한다. 이 종족은 침략자에 의해 자신이 위협당하면 스스로의 거주지나 병영을 송두리째 공중에 띄워 다른 곳으로 이사갈 수 있었다. 그러나 공중에 건물을 띄우는 로켓 기능만 제외한다면 당대 21세기 인간 일부의 거주 방식을 철저히 고증한 것으로도 볼 수 있다.

너의 트위트

할 수 있다고 매일 어디서 퍼 온 명언 같은 걸 업로드하다가
불현듯 사라진 너의 트위트

마우스를 새장처럼 분주히 흔들고 딸깍거려 봐도 도통 찾
을 수 없는 주문들

집 안으로 들어오려던 새 한 마리 창문을 들이받고 죽는다
반투명한 꿈과 버드 스트라이크

유리엔 새 한 마리 부리를 꽂고 축축하게 걸려 있어
낮게 조기를 게양한 것처럼
그건 깨어지지도 않는 유리이거나
벌릴 수 없어 잠긴 부리이거나

창밖에서 자라는 꽃 한 송이 뽑아 묻어주다

시험에 떨어졌다는 너의 소식을 듣는다
천지삐까리에, 이 세상 물정 모른 채 이젠 없는 사람들이
쏟아낸 구시대 어록들

노력에 신물 나버린 타임라인과 피드 너는 달콤하고 무해
한 명언들을 경멸하고
　너무 무리한 꿈

　그걸 보는 나(목을 조이고 싶은데)
　아주 오래…… 얇은 나무 홰 위에 새처럼 걸터앉아 있다가
　혈관이 터질 만큼 꽉 움켜쥐다가 발톱이 뜨거워져서

　이제 위로받으며 힐링—하던 너의 트윗을 들어가지도 찾
지도 않는다

　들어가지도(찾지도)

환희

    물은 책상 모 서리를 타고 흘러 뚝뚝 떨어졌어 그게 어제 쓴 시를 적시고 있다…… 이건 잃어버린 시를 더듬는 복기, 끊어진 잉크 글자들은 연기로 떠올라 재조립되고 있었고 나는 아마도 한 사람에 대해. 쓰고 있었지 마 치 야트막ㅎㅏㄴ 숲으로 걸어 들어가−버리ㄴ 이에 관하여! 협조하지 않는 칠월의 날씨가 산 너울에 묻고 솔이 품었던 글ㅆ ㅣ는 안개 속 흘림체로 풀 어진다 너의 머리칼 나는 무 엇에 관해 쓰고 있었는지도 잊어버린 ㅊㅔ 시를 흘린 물처럼 그린다 숲의 묵묵한 안개가 거기 나앉는 너무 회화적인 순간. 번져버린 언어는 모르는 사람의 얼굴이 되고 새로운 그ㄴㅕ에게 다시 사랑한다 말하는 멍청한 ㅇㅔ피ㅍㅏㄴㅣㅇㅕ……

관찰 일지
―유리 온실 속의 칵투스cactus

선인장 하나를 샀다. 물은 한 달에 한 번쯤, 가시 돋쳤다
는 좋은 핑계로 자주 안아주지 않아도 된다. 놈을 책상 위
에 기어코 데려다 앉혀 놓았다.

09. 12.

선인장은 파랗고 나는 브람스를 듣는다. 삐죽거리는 너
의 가시도 다 꽃이었다지 우린 책상 언저리에서 한동안- 꼭
춤을 추는 것 같았다.

09. 13.

처음으로 네게 물을 줬다. 다육질의 팽윤한 줄기가 손가
락을 펴서 볼을 쓸어주는 것 같았다. 앞으로 한 달은 너끈
하니 물을 주면 안 된다는데…… 금세 건기를 맞는 너의 흙
입술이 비정하게 텄다. 처음엔 그렇게 주지 말래도 물가를
서성인다.

09. 14.

여전히 선인장은 거기 있다. 위화감 없이 조금씩 자라나는 너의 키를 재면서 진녹빛 우듬지를 바라보는 오후. 온종일 너를 생각할 때면 방 한쪽에서 아열대가 분다. 그 공기는 순환하듯이 외곽에서 중심으로 옮겨 오는 듯, 나는 담배를 물고 하루 끝

09. 16.

엘피판은 돌고 나는 발길이 멈춘다. 여전히 브람스는 감미롭고 해야 할 일이 산처럼 쏟아지는데

09. 19.

낡은 축음기를 집에 들였기에 선인장이 담긴 조그만 화분하나 옆으로 조금 밀려난다. 하지만 그것은 중력의 일 혹은,
    선인장이 잎을 모아 관악기 흉내를 낸다. 호른, 트럼펫, 뭉툭한 너의 몸이 육중하게 서있고 노래가 들리는 오후

09. 22.

선인장을 조금 더 옆으로 밀다가 가시에 핏방울이 맺힌다. 분한 나는 노래를 더 크게 틀고 너는 빙벽을 세운다. 차가운 공기 안팎에서 조금 기울어 생육하는 선인장, 내게서 허리를 틀어 곁에 있는 연필에 몸을 휘감는다. 얼음꽃이 피는 과정

09. 25.

선인장을 봤었는데 기억이 나질 않는다. 일찍 잠에 들었던 것 같다.

09. 29.

밤, 조용하고 어둑한 하루의 결. 야근을 마치고 다시 책상에 앉아도 이젠 선인장을 생각하진 않는다. 허공을 찌르는 선인장과의 밤은 이제 없다. 선인장은 仙人掌이니까, 마치 한 사람인 것처럼 홀로 밥도 먹고 잠도 잘 잔다. 매일 안아주지 않아도 너는 그대로 거기 있고 여전히 물은 한 달에

한 번 주는 규칙

　10. 05.
　너는 펌프처럼 마지막 숨을 끌어올리는 것 같아. 붉은 선인장 꽃이 움을 틔우려 하고 나는 회사에 있다. 결정적인 한 순간에 나는 이곳저곳 뿌리를 옮기는 동물성 인간, 갈라진 흙 위로 꽃이 되려던 것들 혈흔처럼 널브러져 있다. 나는 혼미해서⋯⋯

　10. 07.
　선인장의 피부가 바싹바싹 말라간다. 나는 보고도 못 본 체하는 것 같다. 가슴팍에 브로치처럼 달려 있던 마지막 얼음꽃이 쩌적 갈라져 부서진다

　10. 10.
　의자에 앉아 선인장 놀이를 한다. 가만 앉아서 머리를 삐죽거리는 무력한 게임 문득 너의 심정이 되어본다. 찌르는

것 말고는 아무것도 할 수 없는 천명 그저 키를 높여 가며 내게 눈을 맞추는 너의 최선이다. 한동안 잊었던 선인장 물 주는 날이 다가온다.

  분갈이를 해주려 다가가자 움츠러드는 선인장이 나를 보고 나도 선인장을 본다. 성근 가시가 살에 박히지 않고 그대로 가슴을 친다. 옷깃을 붙잡고 나를 두드리는 너, 더 큰 땅에 심어주기로 결심.

  10. 12.
  한 달, 선인장에게 물을 주는 날이다. 선인장은 없고 나는 광합성 인간, 볕이 잘 드는 카페에 앉아 가만 너를 생각한다. 선인장을 집에 들이면 항상 죽인다.

  다시는 기르기 쉬운 식물을 추천받지 않는다.

저 젊은 무희는 검무를 추다가 결국 나를 찌르겠지

오늘도 비가 온다
빈 땅에 칼을 꽂는 것처럼
아래만을 겨누는 비, 너 자꾸만 무딘 몸 늘려 검신이 된다

컴컴한 처마 밑
저공마다 음각 아로새기는 긴긴 비 추도식
너는 추락하는 것을 시퍼렇게 읽지 말아달라는 검무일까

피하려다 맞아본 물방울은 의외로 아프지도 축축하지도
않았다
한동안 그것들에 슬픔의 무게 추가 달려 있는 줄 알았다

챙챙거리는 검의 불꽃 기어코 물의 세상에서 피어나
꽃 번질 땅에 먼저 와 크레바스 흉 남겨도
건조한 툇마루 아래까지 관통하는 벼린 몸짓
너 공연히 사라지기 전에

나 이제 어떻게든 검집이 되려 한다
구멍 난 땅 위에 서서 입 벌린 채 물의 칼날
너를 집어삼킬 때마다

한 점씩 불온한 심장이 잘려나간다

바닥에는 잔뜩 뚫린 구멍, 웅숭그린 슬픔의 배후가 많았지
무력한 표정이던 나의 발밑은
자상刺傷으로 가득했다
거기 테왁 몇 개 던져 수장되는 검은 발목을 당겨 오려
마당에 선다……
너를 외면하고 살던 한동안 수많은 옆구리를 베여
상처에 꽃을 매달아 봐도 빛은 저만치 허짓허짓 떠나갔다

새하얀 동선의 검신 그저 물 머금고 섬광 번뜩이는 한동안
다시 가만 서서 비를 맞아본다.

딱 맞는다는 말이 어울릴 만큼
취기 어린 비는 자꾸만 가슴을 치고
아프게 쏟아지는 물의 춤
팔 벌리면 비린 늑골은 젖어와 한쪽 몸부터 무거워진다

마치 흙먼지를 이방에서 몰고 오는 누우 떼처럼 어린 몸
짓이나

먼 곳에서 시큰거리는 차사로 와
통증의 등 갈퀴를 쓸어주다 말라버린다

정면으로 서자 아무것도 베지 못하는 가련한 하늘의 춤이
옷깃을 적신다 북쪽 하늘에서 희−부윰하던 빛들
그렇게 아린 상처에 그러모아
비, 손을 모아 너의 입꼬리를 당겨 올려도 묵직한 중력
심장을 헐고 추락한 빈터
바닥에서 검은 누대 쌓는다

까만 오벨리스크 − 나는 온몸으로 탄화해서 멈춰 서는 사람

허공에선 세찬 물빛 검무 계속 이어지니 전율 가득한 공연에
마당에 서서 한 발짝도 움직일 수 없다.

파랑에 오방色 염원을 담고 적하하는 검

다가오는 너의 끝을 목도하지 않으면 우린 살아서도 죽고
쨍쨍 말라서도 우울과 추락하리란 확신

나는 점점 젖어가며 가벼워지는 연습을 한다
비가 서글픈 심방에 슈슈- 꽂혀 간다
도려낸 환부가 몸에 없다

제3부 없는 크리스마스 없는 생일, 없는

루루와 함께

〈빗속〉
에서 만나기로 약속한 루루

페인트 볼처럼 너는 벽에서 씻겨 나간다
덕지덕지 불순하게

우리 이제 애인해요
손잡거나 포옹만 하는 사이 말고
가끔 키스도 하는 그런 재밌는 애인愛人 말야

너는 먹던 알사탕을 깨고 총알처럼 투 뱉어낸다
심장에 박혀 버린 쉬운 말
잠깐 스치는 허벅지에선 물감이 터진다

〈극장〉
자리마다 벚꽃 모양으로 피어있는 팝콘
손은 부딪히면서 심벌즈 소리를 내고
핑크빛 손톱 밑에 꽃가루를 묻혀 두었던 루루
누아르 영화를 보며 낄낄대는 너의 왼편 내가 몰래 몸
을 떨 때

오른편에서 루루의 미소가 사시나무에 걸린다
팔걸이에 들어갈 수 없는 팝콘 통

우산 없어 젖은 머리칼을 털다
입간판 뒤에서는 가녀린 허리를 쓸어보기도 했던
온몸을 그러모아 끌어안던 숲속
루루는 나의 가슴팍에 아로새겨진 반달을 보고 도망쳤다

나는 달을 키워내고 있어
나무 위로 올라가는 루루, 그냥 막연히 뜨는 해처럼

온종일 기다리다
숨 참고 죽은 척하는 저 바닥으로 당겨 온 애인

장우산을 휘휘 저으며 벽에 그라피티를 쓰다가
루루와 함께 숲에 누워 내리는 비를 펑펑 맞는다
미묘한 나의 저지대에서 우리는 기운 시소

적하하는 비 너는 밤엔 물로 쓰인 연서
조그만 여자아이의 테니스 스커트 자락에 편지를 꽂아

놓는다

　　새하얀 뺨에서 공 두 개 터져 붉게 물들었다가
　　고작 하품하면서 처음 울던 루루

　　너는 먼저 울고 나서 뒤늦게 입 벌린다
　　우리는 덜컥 이해될 수 없기에

　　작고 귀여운 봄날 루루는 고작 사랑에 빠지지 않았는데

쓰리 카드 몬테

□□☑

네가 걸어간다 빛나는 미래를 한 장씩 뒤집으며 그때 나
는 다 엎어져 있었다. 나도 뒤엎어 줘 환상적인 네 손을 기
다리는 아침 나는 매일 이불 속에 숨어 사라지는 마술이었
다. 다이아몬드 K, 허나 칼 들고 옆만 바라보는 왕의 얼굴
은 무른 꿈처럼 침대보에 묻어났다.

☑□□

걸어가는 저 멋진 당신. 한참 걸어가던 너 이제 카드를
셔플하며 여유롭게 뛰어간다. 불온한 문양 속에서 수천 장
스페이드 에이만을 골라 보란 듯 뒤집는 네가 너무 자랑스
러워. 클럽, 하트, 불결한 카드는 모두 사라져서 평범한 사
람은 감탄한다.

□☑□

너는 마법, 아니 마술, 다 뒤집어져 해진 순간 이동 소도
구, 아니 모자 속 야윈 비둘기. 네 비밀을 나는 다 몰라서
걸어가는 네가 부럽다. 카드에 써놓은 이름은 미리 살아있
는 게 아니지. 내일 죽어있을 퀸을 살려내는 너의 호흡, 너
의 손, 네가 몰래 적어 날려 버린 카드 위 날개 글자들을 나

는 몰라서 네가 부러웠다.

　□□□

　전망 없는 훗날을 전복시키고 엎어진 너를 본다. 너도 실
패하는구나. 그때 나는 네 곁에 없었다. 스페이드, 골리앗
의 머리에 돌을 던졌다는 승리의 다윗이 죽어간다. 관객들
이 야유한다. 너는 황급히 나를 주머니에 숨겼다. 고마워
그런데 더는 네가 부럽지 않고 사라지기도 싫다. 실력 없지
만 다정한 마술사를 사랑해도 되나 궁금하고 비정한 몬테
쇼. 하드 케이스 속에서 하얀 카드 대신 담배가 쏟아진다.
무대 장치처럼 연기가 올랐었다.

봄의 아바나

화환을 썼죠 꽃과 봄의 신부처럼

리본-햇과 비치 샌들, 하늘거리는 것들과 젖은 파도 스멀스멀 모래 위 올라타요

발이 푹푹 꺼지는 사장 위에서 지터버그을 춥니다.
촘촘한 발 빠르기로
발밑에선 개미귀신이 영혼을 잡아당겨요

우리 그냥 사교社交해요
샌들에 흰 발가락 양말을 신고 와서 춤추세요

철이 들어요
정강이는 무거우세요?

당신은 과연?

여름날에 싱크홀을 만들고 죽어버리는 것들에 대해서도
아시나요

가죽 이음새가 끊어지는 순간 심술궂게. 돌게 무리 왕왕 건너가는 모랫길 쪽으로 넘어져요. 부러
모자로 가려진 눈 아래서만 치열하게 피부 벗겨지는 작열통

아직도 불안한 선글라스를 보고 대화하는 것은 해변의 유행인가요

이곳 사람들은 바다처럼 이야기하는 습성을 가졌어요
다시는 안 볼 사람처럼 말할 수 있는 특권

쇄쇄쇄쇄– 파도가 뺨을 치듯

해변에는 모래로 집을 짓고 사는 사람이 있죠, 해자 없이도

여름은 끝물,
사람들은 청청한 해수처럼 오늘도 세상의 한 조각을 집어 업로드해요

습한 손에 엉겨 붙는 모래 나는 여름마다 안면인식장애

를 앓아요
  이것은 여름인가요?
  무더운 트라이아스기 공룡들이 석유가 되어가고 있어요
  사리처럼 피어났다가 손 틈새로 빠져나갈 것들

  차라리 길게 아팠다가 항체라도 한 아름 품고 깨어나세요

  아직도 지난겨울 바다에 왔던 사람을 알아보지 못해요
  머리 위에서 배회하는 갈매기 떼 투항하듯 손을 흔들고

  솨샤− 파도가 멍을 묻히는데

  여긴 새하얀 병원이죠, 비약하자면

  너는 너울지며
  모래와 물의 경계, 봄처럼 만개한 백화 한 무더기
  저편에선 오호츠크 모르는 소리

  얼룩진 하늘 반쪽을 학 종이로 접어
  새를 밀어 올리는 점선

사장에 찍힌 발자국들은 모두 누군가의 공예품이죠

아바나, 만조에는 특별한 분위기를 접어 가요
그것은 부러워하던 당신이 접어준 새와
해변의 품

조용한 방 조용한 거리, 심술 가득한 우리 마음

눈 내리는 소릴 들으려 창가에 침댈 두었지. 우린 행렬
처럼 누워있었다?

허황되니
매일 밤 불가능한 투명함에 대해 속살거렸지
창밖을 남의 세계인 양 염탐하고
우린 그냥 웅얼거렸어
칭얼대는 작란作亂이었어
그림자도 다 소산하고 빛 없는 암실
입술이 암영대 속으로 걸어 들어가는 걸 봐
혀마저 주머니 속에 넣어버려서
이제 농담은 없다. 천장엔 꺼진 알전구
'없다'는 말만이 우리에게 남아있는 것으로 일어서 있다.

조용한 방 조용한 거리 창밖을 볼 때면 우두커니 산란하
는 눈빛
수백 데시벨로 소란스럽다.

여유를 갖고 자라나는 건물 탓에 변하지 않는 풍경
느린 꿈속에 몽롱한 경치를 봐 이건 저주야
허황되니?
내일이면 죽을 스노 플레이크 저기 가득하잖아
떠다니는 은빛 펜던트들······ 너는 방 안으로 밀려온다
바람에 휘말려 어떤 사진을 품다 펼쳐지시는
눈꽃, 기물의 속성을 가장하는 악랄함이지
소파에 쨍그랑 가 너는 기어코 깨진다
유리 꽃이 정든 화초처럼 벨벳 소오파에 심어지고
뒤편으론 무명천에 인화한 사진들
모든 것이 파편 되어 흩날리는 조붓한 방 안
간신히 나는 날카로움을 비켜서 있다
밖이라는 계절은 온통 슬픔의 서사
삭풍이 등과 뺨을 긁어댄다

거꾸로 걸려 있어 링거라 부를 수 있을
회백색 드라이플라워,
처럼 물처럼, 아스라이 없어지는 너의 흰색 슬리브처럼
사람은 다정하게 부서진다

저것은 누구도 밟지 않아 창백한 설경이셔서
너는 저 위엘 가, "우리 몸을 찍고 오자"
흰 종이에 붉은 인장을 묻히듯
널 닮아 어린아이 같은 설원, 한순간에 낯빛을 바꾸는 장난
우린 물들어 온통 붉은 몸을 준비했지
너는 사람을 탯줄처럼 자른다. 그렇게 해야만 한다.
사람은 없고 울퉁한 달덩이
밤을 경멸하는 표식으로 배꼽에 떠 있다.

쌀미음을 씹고 뱉어낸 듯
꾸덕꾸덕한 눈의 진창과 시끄러운 신작로
눈발이 아닐 수도 있는 무언가가 기어 온다.
우박을 낳듯 하혈한다.
한동안 하이얀 자궁이던 곳에

        눈 내리는 소리 툭−툭− 무심하게 창문을 치신다.

                하얗게 높아진 창가 호랑가시나무 언덕
                        너 가시를 잔뜩 매달고 온다

턱밑까지 얼음이 차면
우리 사람의 등에 이글루를 쌓자
세상에 없던 놀이를 해보자
나는 거기 들어가 캔들을 켤 거다
허황되니
라벤더, 프리지어, 내가 모르는 향
싸라기눈 쌓이는
소릴 지핀다
너를 이곳으로 데려오면
저기 영영 잠든 거리

이글루의 내벽이 녹는다 온종일 소침한 방
직각 모퉁이에 각 얼음으로 알맞게 서서
전집처럼 가만 접어보는
창가/풍경 눈 쌓인 모습

저 아름다운 지상의 살점 겨울처럼 떨어질까 봐
나 감히 뭉툭한 발 침대 밖으로 내밀 수 없다
불투명하고 허황되니

혼신의 비공감 1

광장에 나가지는 않는 너
마음에 드는 댓글의 엄지손가락을 위로 쭉 당긴다
핸드폰을 보고 축 처진 티샤쓰 올리며
짐짓 정의로운 표정이 탁상 거울에 스친다
그것도 그것대로 나쁘진 않겠어
가장 섹시하고 해박한 일침을 가하진 않고
악플에는 혀만 끌끌 차는 평화주의
주머니에서 손을 툭, 빼
혼신의 일격으로 몇몇의 엄지를 쭉 당긴다
손톱이 아주 빠지라고
너는 비난을 지문으로 원격 비난한다
사람들은 몰려올 것이다
할 일은 끝났으니 마중물로 라면을 끓인다
몇 그램의 영혼으로 너의 격문에 공감해도
라면 물은 결코 끓어 넘치지 않고
방 안 유리창에 습기가 찬다

이제 군중을 향해 고해
너는 어느 날 찬바람 부는 곳에 서보았나
목 늘어난 티셔츠 반원 사이로

멍청한 목이 툭 튀어나와 있다

너를 꽉 눌러 터뜨려 줄 사람은 지금 화면 밖에서

가젤 같은 거

횃불을 높게 들어 올린다. 감지 않은 눈동자는 신이 두다 남기고 간 바둑돌 너에게도 꽃놀이패 묘수가 있던 거지

처음으로 찬찬히 내려다보는 가젤의 몸. 죽어서 온몸으로 동굴을 만드는 네 속에서 장묘를 치른다.

화려했던 가체 뿔, 긴 머리 여인의 고동색 치장은 아직 흘러내리지 않았으나 속에서부터 무너지는 산사태. 사바나! 질주를 그리던 등허리는 여전히 벌판의 소란 곁인데

나는 머리를 땋고 굴속으로 들어가는 사람으로 네게 다정해져 본다. 소화시키다 만 덤불과 불한당들 산성의 웅덩이에서 한 사람이 표류하고 있다. 나는 그걸 걸머지고 그저 붕 떠있었을 뿐 네게 종교인 적 있었어도 구원인 줄 몰랐는데

죽은 가젤 앞에서 으르렁대는 표범, 매서운 눈을 장기 알의 포신처럼 겨누는 놈이 온다. 놈을 내쫓아도 그것은 내가 으르렁대던 환청. 엄마 여기 뿌리내린 갈빗대와 박쥐 무리가 있어 손 휘저어도 몰려드는 공중 도돌이표들은 오늘도 적당히 으르렁댔다가 전복된다. 나의 이명, 음파로 불리

는 각다귀 무리와 장송곡. 한동안 가젤의 허리춤에 종유석으로 돋아있었다.

박쥐는 머리에 한 뭉치 치장도 없어서 가볍다(*그건 나일까*) 바닥에 떨어진 검은 심장을 깜빡이는 눈이라 생각했으니 매일 불을 가져오는 프로메테우스 꿈만 꾸었다. 무병장수하는 박쥐와 표범(*둘은 나일까*) 나는 불을 버리고 박쥐 옆에 나란히 단조로 매달린다. 너의 눈은 바닥에 나의 이마는 하늘에, 가젤에게 더러운 발끝만 보여 줘 왔다.

굳어가는 빙정 속 이곳을 몰래 떠나와 나는 네 발로 기어갔을까 비린 날개 펄쩍이며 날아갔을까. 거울을 보면 박쥐와 표범을 섞은 키메라 하나 주머니에 손을 넣고 삐딱하게 서있다. 이제 무너지는 동굴 그리고 여기 더 없을 가젤 같은 거

오고 계시죠 붉은 나무 흰토끼 숲

오늘은 사막을 참아야 해
뜨거워지려는 기분을

후끈하게 혀 내미는 토스트마저

나는 어젯밤 열대야를 다 팔아서 차갑고 하얀 발, 원주민
식 이름을 지어버린 뒤야

이제 황량한 땅을 건너 붉은 나무숲으로 간다
일 년 내내 우기雨期인 이상한 나라
여긴 사람들이 모래알로 분별없이 엉켜있어

분명 부딪히는데 어느샌가 저 멀리 서있는
도시인들, 무엇보다 간결하고 아름다운 섹스야

사구에서 빠져나오려 남의 머리를 밟지 않는 숲 토끼의
하얀 발바닥이 있을 거야

내 뒤로 검은 발자국
사막에 찍어버려서

하루치 식량을 구워내려 만든 여행자의 형틀 같아
테두리부터 그을린 붕어빵들

도망친 곳에 낙원 같은 숲이 걸려 있을까. 물고기들이,
안개를 묘사하는 물푸레들이 모래 둔덕 한복판에서 꾸물거
리는 저 마지막 춤

그런데 앨리스의 흙구덩이
그런데 붉은 나무숲의 카드 병정들

탈출해 도착한 숲은 바스러져 사막이 되어있어 홍등가를
닮은 저 붉은 나무 숲

몸은 작아졌다 커지면서 나무의 어깨에 갇힌다. 여기저
기서 토끼 굴에 빠지는 사람들의 비명 소리가 들려, 하얀
발은 이제 회색 유령이야 더러워졌어. 나무 위 고양이는 생
선을 다 잡아먹었군

도망자의 풀섶 여기저기서 무정하게
붉은 나무 숲에서 발밑은 모래 조각으로 부서지는가

오르간 실버

다 그려진 살바도르 달리의 유화
XXXX
검은 페인트로 입을 지운다

너는 사람에 대해서는 그리지 않는 편이 나았다
온갖 정물들이 침묵을 가리키는 한낮
오직 너만이
고장 난 입술 주름을 당겨 한 생生을 탄주했다

행인들은 가깝다기엔 행인이었고
멀기엔 인간人間이었다

캔버스에 앉혀 놓지 않은 사람은 넘어질까
한편으론 실험이자 전위적 예술이었다

풍경화 속 낙락장송은 부산히 잎 털어가면서 나무가 아
닌 척했다
해 비치고
가지 길어지면 나무늘보의 팔을 닮았다
기다란 팔로 음울한 색 잔뜩 걸어놓는

나무, 나무

떨어지기를 반려당하는
XXXX

잎을 소거한다 가벼운 무리는 백지에 늘어져
언제까지고 갈색 바닥을 긁고 있을 거다

우리의 협작품 예술적인 풍경

이제 애써 입을 지우지 않아도 사람들은 마스크를 차서
서로
아무런 말도 걸지 않는다

뿔 난 순록을 만나서

우리가 시린 이마 비빌 때마다 너에게서 뿔이 자라서. 온난하게 기댈 수 없고 머리에 찰과상만 남아서. 너에게 착한 이름을 붙여 준다. 다정한 애인, 온순한 가시가 네게도 남아있을 거라 읊조리면서 다섯 손가락으로 갈퀴를 쓸어주었다. 너는 허공을 바라보다 오지로 가 울고 다시 후미진 곳 무릎 꿇고 앉아 뿔의 생장점을 밤새 읽었다. 뿔이 벌리는 간극만큼 우리는 안을 수 없어서 머리에 붙은 불, 불처럼 이글거리는 심지였다가…… 두려움에 신산한 숲이었다가…… 나의 소도시에 옮겨 심은 징벌이었다. 순록은 가끔 굽은 날개를 펴던 천사 도시의 업무를 기억해서 기괴하게 골격을 찰까닥거렸고 나는 네가 잔인하다 말하는 참혹. 구도심에 마른 불이 번지는 동안 너는 나를 태웠다가…… 휘황찬란한 꿈이었다가…… 덫에 걸린 회백질 뿔을 손가락처럼 휘저었다. 굳어서 움켜쥐기는커녕 밀어내는 뿔, 차마 머리를 끊고 달아나지 못해 각화되는 이 슬픈 되먹임을 본다. 네게 안기지 못해서 비장한 순록을 그냥 원망만 하고 너는 무구하게 머리에 불을 옮겨 심자 말하고. 금방 다른 새봄에 뉘엿 걸어 나와 잠깐 포옹할 징후가 되는 박제 상반신.   이제 그걸 나 한 걸음 뒤로 물러서 보네

제4부 뒤로 가기

파라핀으로 하는 쥐불놀이

물의 짓무른 흰자위 되어 딱 충혈될 만큼 널
개켜놓은 기억 속에서
바라보고 있어 전무全無한 이름
만져본 적도 없는 서라벌의 풀처럼

너와 겹이 될 수 있다는 신념이야말로
아득한 이국의 종교겠지

공중에서 반원을 그리는
거친 털의 삶
사람이 가버리면 기억에 빗금을 치고

눈멀어 네게 다가설수록
빛의 반대편으로 꼬리 내밀고 말소되는 소행성
되돌아오는 위성의 공전

너무 따가운 사람아 이건 과학적 사실이야
비스듬히 존재를 노려본다는 건
불온전한 비극이지

안녕을 기원하던 들밭에다 불씨 옮겨 심고

휘
되돌아와 턱을 치는 기습 위협이 되듯

움켜쥐지 못했다는 단 하나의 형태소
작고 가려운 비밀과 욕慾은
비장하고 또 숙연하지

계절을 건너는 선량한 동물들 끔뻑이는 갈빛 저 부푼 눈처럼
숲에 불을 지르고 우린 만나려 해

너의 팔을 조각해서 나를 안아주려 했는데

새들이 경첩을 흔들고 선–캐쳐는 프리즘
무지개를 물어 온다
파란 천 위에 서지 못해서 우리는 돌 틈에 수장당한 것으로

부패하는 까만 점 두 개 네가 묵묵히 바라보던 물의 전위와

불의 전라
너는 허공에 회귀하려 끓는 속성을 갖는다

권태기를 막 끝낸 여인의 표정을 짐작하다
아래부터 불룩해지고 피 분수가 솟구치고 있어
휘 돌아오는

헤어진 연인들은 물의 꿈에서……

막후에서

이제 퇴장하자
어두운 무저갱 속에서
허황된 기도였음을 알아서
뱉어지기 전에 초라해지는 목전
목구멍에 조명을 매달고 네게서 탈출한다
시위대가 줄지어 서고 이곳은 국경
언덕 너머로 새하얀 것들이 말소된다
너는 헛구역질을 한다
괜찮다 손쉬운 방식이니까
더 어려운 건 머리맡에 있던 이국의 구름
그는 하필 인간의 걷는 걸음을 베껴 갔기에
사람도, 운무도, 묽은 조명도 갱도를 타고
퇴장하자 곡괭이가 부러진 여기 막장
석류를 밟는 페르세포네 굴속에서
뒤돌아보지도 말고 나 이제 네게서 도주하는데
—염치 불고하고 여전히 장중이다
손뼉 치는 이 하나 없이 초라한 귀환
타향에서 밀려온 소소리바람을 푼다
—우리는 그저 단역이다
—비중 없는 열연이었다

발아래 경계선을 다시 긋다가

그저 뱉어지기 전에 기침하면
조각난 빛 무더기로 쌓이는 커튼콜
볼에 묻은 재도 닦아주지 말고
그 흔한 악수도 없이
이제 퇴장하자!

'엘리베이터 맨'과의 조우

어제 만났던 사람이 왼편에 서있다
나와 닮은 얼굴로

케이크를 들고 있는 엘리베이터 맨
그녀의 생일을 어떻게 알았을까
양옆으로 케이크가 반사되는 만화경

이것은
질투 나고 불안한
히스
테
리아

몰래 총을 빼서 발사하려 해도
슬그머니 너도 총을 뽑아내는 대칭이다

나와 동시에
주머니에서 뱀 한 마리 기어 나오고
우린 함께 머쓱한 뒷머릴 긁는다

그녀와 통화하고
이십 층 정상에 도착해도 우린 내리지 않는다

케이크에 불붙인 채 축하연을 열자
네가 두려워서 애써 화해하려고

왼쪽 사람과 오른쪽 얼굴이 동시에 나를 본다
코에 생크림을 찍고
유리에 우유를 붓고
얼룩 속에서 한참을 비웃다 녹아가는

저 한 사람을 총으로 쏘자 우리 모두의 얼굴에
거미줄이 드리운다

방사형으로 포착되는 나의 **뺨**에 집거미 한 무더기 우글
거린다

호키포키

이따금 개의 상상을 해

쓰레기통을 흔들다 추레한 목덜미를 겨냥하는
들개, 적막이 오면 숨을 곳을 찾는

동맥 뒤편에선 비밀스러운 송곳니 시위를 잔뜩 당겨본
다, 허나
인간이 돌아보면 꼬리를 말았다 찌르다가 팔목 붙잡힌
저 비루한 은장도와 네 발의 종 말야

유폐된 신발 속에 숨었다가 뼈다귀 덜렁 흔들며
캔버스화 버려진 바닐라 아이스크림을 피처럼 줄줄 흘릴
고작 그게 마지막 야성인 골목의 개 떼

새가 브이 자로 무리 지어 편대 그늘을 만들면
본 적 없는 물의 차사 공중은 개에게 환상이다
상어 지느러미라도 날아가는 양 나의 상상은 깨깽거린다

내리까는 들개의 눈빛 마치 전의를 상실한 적장 같아서

목을 베인 채로 말안장에 의지해 막사로 돌아오는
패잔병의 덜컹거리는 육신

거세하지 않은 성기가 아래에서 덜렁거린다
낄낄거리는 자존심은 몸에 다 기식하고

아이들은 이제 개의 송곳니를 두려워하지 않아
들개들은 찌꺼기를 찾는다
놀이터 주변을 서성이는 깨진 낙엽

유전형질에 늑대의 것이 없기에
아이들은 컹컹 짖고

개 떼는 대가리를 아래로! 미끄럼틀을 타고 도망친다

이것은 어느덧 놀이가 되어버린 지 오래 공터에서 둥글게
꼬리를 마는 개새끼들이 돌아다닌다 패잔당, 상상하던 것
들의 발음이 온통 모호하고 나의 야성은 길들어 있다

이것은 어느덧 놀이가 되어버린 지 오래

이것은 어느덧 멍청한 놀이가 되어버린 지

네 시간 반 동안 시 쓰기를 실패한 날

*

형, 형의 검정 코트가 아직 문 앞에 걸려 있어
죽은 까마귀 시체처럼 뻣뻣하게

곧 공습당할 것을 아는 가젤
앙상한 머리 위를 봐
원을 그리며 죽음의 타이밍을 엿보는 맹금류가 있어

형, 작은 뿔조차 못 내고 비틀거리던 나의 최후는
사막 한복판에서 집행되는 조장鳥葬의 운명이 어울릴는지

심장을 쪼아 먹히면 그제야 열정적인 피 분수가 솟아나겠지
그걸 보고 박수 칠 수 없다
내게 뜨거운 순간이라곤 오직 뻣뻣한 발기 외엔 없었어
머리에 돋아난 엉성한 뿔 검처럼 뽑아내면서

형, 어떤 날엔 시를 쓰지 못해서 이미 죽어있다는 상상을 해
꿈쩍도 않는 전설의 검이 흉곽을 가로지르고
혹한기의 칼날 자루가 뽑히지 않는다
영겁을, 전설을 사는 것처럼

놈은 문 앞에 굳어있어 헐떡이는 나를 조롱하고 있다

*

밤공기에 굳은 코트를 입고선 역으로 걷는다

사람들은 새벽 기차를 타고 어디론가 흠흠 달렸어

하품을 많이 하는 사람들 객실 안에서도 분주히 증기 뿜고–

나는 그 속에서 유일하게 입을 닫고 시를 써 내려간 사람이었지

고작 한 문단을 위해서 네 시간 반 잠을 참은 건 그래도 잘한 일일까

저 사람들은 숙면을 취하고 기력을 비축해 사무실에서 일하잖아

반면 시를 쓰는 건 어때 형

잘 모르겠지 형, 시가 언젠가 날개 편 크낙새가 되고 검을 뽑아낼 비기가 되어줄는지

몇 시간 동안 저잣거리에 걸려 있는 매의 시신 시詩가 눈알을 갉아 먹고 피어나는 더러운 꽃이라도

그게 시신경을 갉아 먹고 버럭 피어나는 습성을 가졌다 해도

내 몸의 모든 구멍을 기꺼이 내어줄 자신 있는데

*

형, 나는 이제 형의 먼지 쌓인 검은 코트를 한여름에도 옷
장에 접어 넣지 않는다
사후경직을 알리는 싸−인, 저 공포가 좋아서
나는 요즘에도 아침마다 실패하거든

작은 아포칼립스

굳은 몸에서 피어나는 우담발라가 있어
흙눈이 어깨에 쌓인 채 가슴을 벌리잖아, 형

칼을 뽑아낸 검은 코트 하나
서서히 일어나 내게 다가오는 저 비장한 모습

세일

등을 붙잡았더니 옷자락이 떨어져 나왔다

그렇담 너는 무른 세일

흩어진 돌무더기와 긁힌 대담을 나눈다

사랑해 나를 석판화처럼 기억해 줄래?

진흙 속에 푹 팔다리를 묻어놓고 무른 적갈색 돌길, 발
을 채다

피부가 벗겨지는 광야에 나는 홀로 서있었다

채석장에서 너를 긁던 손 돌에 긁혀서

내게 남은 용기 없고 무언가 무너져 내린 기분입니다

이 순간에도 누군가 탑을 쌓네 떨어져 나온 옷자락으로

묵묵히 타인을 원망하는 채석장에서

나도 누군가에게 돌팔매질하던 분노의

사이

빙점氷點

직장이라는 생계
내겐 아직 없지

웃어야 해 그렇지만 아직 미소는 법이 아니니까

너를 위한 헌시
넌 우는 표정도 뜨겁게 읽어줄까

직업보다 꿈을 먼저 물어봐 줘요
그렇담 제가
생계에 대해서도 알아서 이야기할게요

호수에 의자 하나를 깔고
아니 아니, 몇 번 접은 종이 박스
얼음 위에 엉덩이를 깔고 나의 시를 읽어줘
바지가 젖을까 봐 무섭고 또 바쁘겠지
이건 아무짝에도 취업에 도움 안 되는 짓거리들

　그러면서 사람들은 프로필 배경 사진으로 시를 잘만 올
리는데요

시를 공부하는 내가 가끔 불쌍하고 시시해
이건 오래도록 가장 고상한 일이라는데

무슨 대리님 차장님
나는 가끔 부러지거나 부러워져요

친구는 너 오래 기다린 시집을 드디어 낸다고
거창한 축전을 보내오는데

친구야 나는 어디에 가서 나를 작가나 시인이라고 소개
하지 않는단다

얼음 물고기 얼음 물고기
엷게 깔린 살얼음판 아래
얼어붙어 가라앉지 않으려 끝없이 몸 비틀어대는
눈동자 하나

요즘 난 망막 아래 갇혀 불안하게 흔들리는 영혼을 쥐고
높은 빙벽의 틈을

상처처럼 핥고 있단다 너무나도 간신히

시인이여
추운 빙점에서 부디 태어나기를

내가 나를 안아줄 수 없는 북국 리아스식 세계

거긴 사랑도 시인도 없는 걸까

다도茶道

　사람은 얼마나 훌쩍이는 정오에 속해 있는지 나는 모른다. 모르니까 묻는다. 히비스커스, 저 괴로운 연인은 양파를 까고서야 운다. 일렁이는 오후의 찻잔 적요로운 것은 윗입술만 담가도 향을 올려낸다. 여기 꽃은 없는데, 나더러 뜨거워지라는 봄의 전말은 악취다. 온몸의 혈관이, 아랫입술의 주름까지 모두 간밤에 네가 내린 뿌리라는 듯 히비스커스, 나는 이맘때쯤 꼭 붉어져야 했다. 다정해질 수도 있었고, 머그잔을 들어 올리면 내 입술은 찻잔에 반쯤 먹힌다. 저 루주를 추려가면서 했던 말은 거짓말. 쟁반에 놓인 마들렌 부서지는 소리가 유언 같다. 찻잔은 훌쩍이는 것으로 긴 레퀴엠을 대신한다. 그러나 나는 아직 살아있다. 붉은 뺨을 한 겹씩 덜어 히비스커스, 우리가 기뻐하던 봄이 마른 꽃잎처럼 바스락거린다. 네가 걸어간다. 물속의 잠, 전복되는 부유물의 몸. 이맘때쯤 잎을 누이던 육감의 끝이다. 찻잔은 설거지감이 되어있고 저건 트로피야. 히비스커스 내가 가장 싫어하는 다도茶道. 티백 속 뭉개진 얼굴이 가라앉기를 택한다. 기워내는 물고기의 춤. 너의 상처 난 비늘에 죽은 잎을 달아주는 한낮에.

서리 내리는 저 심장의 웅숭깊은 곳

우린 왜 자꾸만 오이밭에 누워?

이 밭에서 풋풋한 냄새를 맡으면 우리가 풀처럼 선량한 연인이 된 것 같은 기분이잖아

등에 더러운 흙이 묻는데
우린 새하얀 와이셔츠를 즐겨 입는다

주머니에 차오르는 자갈을 비워내면서 노란 꽃으로 비 가리고
이대로 영영 누워

지렁이의 느낌으로 땅을 뒤섞고 싶다. 맨바닥에 옆으로 누워서 잠을 자는 당신, 나는 더 의욕적으로 재즈를 틀 거라고 말했지 너를 위해 심장의 한쪽 방을 비워 내고 하냥 거기 뽑혀질 잡초 같은 걸 무시로 심다가, 너를 위한다는 건 거짓말 나를 위해, 나를 위해 이 무용한 일들이 우리의 몸과 살이 흔들리지 않는 뿌리가 되어줄 거라고. 물컹한 오이의 뼈를 붙잡아 줄 거라고 생각만, 생각만 했었다……

별거 아닌 오늘을 살아버리면 어떻게 하나 그래도 오이 넝쿨은 오래오래 우리에게 엉겨 붙어줄까

뜻밖이야 나는 오이밭에서 일어나 무분별하게 핀 꽃만 보는데 새하얀 네가 저 진흙탕 속에 아직도 누워있다는 거. 옆자리를 비워 두고 무성한 풀 더미를 심어달라고 내게 빌고 있잖아

나는 한나절 비 오는 봄밤 야트막한 오두막
옆에 무단으로 누워서 높은 곳을 묻혀 온 물을 맞고 싶다. 곁에는 울리는 너의 영원한 노랫소리와 아이 같은 얼굴

너는 사라진다—그러므로 아름답다*

이진경(문학평론가)

    사람들은 저마다 자기만의 공간을 꿈꾼다. 공공성에서 벗어난 사적 공간에 들어서면 나는 보이지 않는, 없는 사람이 되며 자기를 둘러싼 모순과 긴장에서 벗어나 비로소 안정과 위로를 얻기 때문이다. 사적 공간에서 받는 위안은 절대적이다. 이곳에서는 더 이상 소외되거나 소모되지 않으며, 불안을 느낄 필요도 없다. 그러나 이것이 전적으로 물질적, 정신적 피로의 회피만을 의미하는 것은 아니다. 감추어진 존재의 본래성을 응시하고 생동하는 내밀한 상상력과 그것의 가치를 고찰하는 일 역시 고독한 풍경 속에서만 이루어질 수 있는 까닭이다. 얽혀 있는 일상과 실존의 분리

---

  * 비스와바 쉼보르스카, 「끝과 시작」 중에서.

를 원하는 것은 극단적 상황에 내몰려 있는 자의 조난 신호일 수도 있지만, 어떠한 변환의 시작점일지도 모른다. 하이데거는 우리가 죽음과 같은 한계상황과 대면했을 때 비로소 세계의 자명성 붕괴로 인한 공허에 직면한다고 보았다. 이러한 상황에 봉착했을 때 누군가는 도피를 꿈꾸는 반면, 또 다른 누군가는 불안과 공포를 감내하고 '죽음에로의 선구' 즉 '죽음에로 자각적으로 앞서 달려감'을 선택한다는 것이다. 그러한 과정 속에서 우리는 자기 존재와 직면을 회피하고 일상성에 함몰된 채 살아가는 보통 사람의 삶에서, 존재를 둘러싼 세계의 낯선 얼굴을 인식하고 성찰하며 존재 의의와 가능성을 탐구하려는 존재로 변모한다. 불안과 우울, 고독과 불신으로 얼룩진 자신의 현재, 내면의 목소리에 귀 기울일 때 우리는 기존의 삶과 결별하고 새로운 삶을 모색할 수 있게 되는 것이다.

시 쓰기 역시 이와 같다. 작가는 오롯이 혼자가 되는 경험을 통해 자기 존재의 가능성을 회복한다. 자기 유폐를 통해 고뇌의 시간을 보낸 그의 사적 경험은 창조적이고 자유로운 예술로 전화된다. 그러나 세계에 대한 사유가 데려다주는 곳은 불가능성의, 끝이 정해진, '텅 빈 가능성으로서의 미래'다. 어쩌면 세계의 불가피성을 조우하는 것이야말로 예속된 삶 속에서 우리가 가 닿을 수 있는 고찰의 궁극적 미래일지도 모른다. 다만 그것에 그치지 않고 그 과정 속에서 흔들리며 자기의 내밀한 이야기를 창조적으로 형상화하는 것만이 자기 존재의 가능성을 탐색할 수 있는 유일한 수단이다. 이에 대해 피에르 자위는 모든 예술은 항상 사라짐의 추구일 뿐이라고 보았던 블랑쇼의 통찰을 빌려 와 자발적 고립, 사라지는 것이 개인적 축적에서 벗어나 존재에 대한 초탈로까지 나아갈 수 있는 일종의 해방이자 현대 예술의 본질과 같다고 말한 바 있다. 작가와 작품, 그 자체의 사라짐이 있는 곳에서만 예술이 현존할 수 있다고 보았던 것이다.

이런 맥락에서 최지안의 첫 번째 시집『이대로 아무것도 바라지 않는』에 재현되는 '사라짐'과 '경계'는 그의 시적 상상력이 응축된 이미지라 볼 수 있다. 우선 그의 시에서 등장하는 화자들은 미술관, 창문 없는 시멘트 우리, 조그만 자취방, 숲속 나무 집, 구글 맵 속 노천카페 등 주로 내부 공간에 있다. 그러나 미술관은 머지않아 "왈칵 터"질 듯한 "울음들"이 걸린 "검정 피 칠갑한" "유리 테라스"거나(「유리 테라스를 소개합니다」), 숲속 "나무 집"의 "빗장"은 곧 스러질 듯 "한 움큼씩" 힘없이 "부서지"고 있는 중이며(「삶의 집」), "인어"를 키우는 화자의 "조그만 자취방"은 어느 순간 제멋대로 "인어의 함"으로 둔갑되어 버리는 등 그의 시적 공간들은 다수가 소멸되었거나 곧 그 경계가 붕괴될 예정인 것들이다. 그의 시에서 공간은 어느 순간 무질서하게 뒤섞이며 경계가 희미해지거나 사라져 보는 이로 하여금 착잡하고 허무한 감정을 불러일으킨다. 머지않아 자취가 소실할 듯한 (혹은 소실된) 공간에서 화자들은 "몰락을 낙찰받"은 조난자처럼 울음을 멈추지 않거나, "나만의 욕조"에 "웅크리고 앉아" "종말의 수도꼭지를" 더욱 세차게 "돌"려 버리거나(「재 겨냥하기」), "지렁이의 느낌으로 땅을 뒤섞"거나(「서리 내리는 저 심장의 웅숭깊은 곳」), "높은 빙벽의 틈을/ 상처처럼 핥"을 뿐이다(「빙점氷點」).

푸르뎅뎅한 오뉴월의 밤과 비슷해. 그래 오후 쇠락한 토끼풀 무더기가 점령한 초원

쨍한 더위와는 애먼 군락
무관함에 손가락을 찔러 넣어 용케 헤집는 아지랑이와 엇비슷해.

종이로 접은 여자 인형은 일흔여덟 시간 동안 해안선에 서있습니다. 그녀는 만조와 간조 사이에서 천천히 녹아 사라지려 높은 구두를 신었습니다만?

내게 고통을 주지만 죽일 듯 칼을 꽂지는 않는, 그렇담 바다는 "흰 모래사장을 편애하는 건가요" 하고
너는 읊조리다가

빈 종이 고깔들이 포말 위에 떠있고 소라게의 영토가 점점 약탈당하는 절묘한 왕국
체위를 바꾸는 달이 있고
빛은 불안한 눈동자.
수천억 개의 불신은 너무 야하게 추락해 죽는데

어느 하늘은 넓고 먼 하늘은 가깝게도 아득해. 새를 가
두려거든 바다에 당겨 와

…(중략)…

푸르뎅뎅한 오뉴월의 밤과 엇비슷해. 의지박약한 풀 무
더기가 바다에 심어져 있어

나는 책을 두 권 이상 챙겨서 물에 집어 던집니다. 아무
렇게나 풀어 섞이는 잉크 조각들
갈매기 무리가 날아와 글자를 쪼아 먹고 허공에서 폭
발합니다.

검은 축포들, 그래 검은 축포. 저 쏘아 올린 겁덩어리
를 사장에 누워보면 비루한 언약일까 추락하는 칼날일까.
　　―「무너지는 약속입니다. 무너지는 약속일까요?」 부분

"푸르뎅뎅한 오뉴월의 밤", 화자는 인적이 드문 "해안선
에" "일흔여덟 시간 동안" "서있"는 "종이로 접은 여자 인형"
을 관찰하고 있다. 그 "인형"은 곧 "만조와 간조 사이에서
천천히 녹아" "사라지려"는 듯 위태로워 보이지만, 화자는
그것과 "무관"하다는 듯 그저 바라만 보고 있다. 결국 종이
인형은 "포말 위에 떠있"는 것으로 발견되고, 바다의 고요
를 드러내듯 "빈 종이 고깔들"만이 파도의 흐름을 따라 바

삐 움직일 뿐이다. 종이 인형의 마지막을 지켜본 화자는 결심이라도 한 듯 "바다"에 "새를 가두"는 것처럼 "책을 두 권 이상 챙겨서 물에 집어 던"진다. 때마침 "날아"온 "갈매기 무리"에 의해 파도 위를 떠다니던 "잉크 조각"은 "아무렇게나 풀어 섞이"게 되고, 무엇인지도 모른 채 푸른 바다 위에 풀어진 검은 "글자를 쪼아 먹"은 "갈매기 무리"는 결국 "허공에서 폭발"해 버린다. 문자의 폭발은 "검은 축포"처럼 밤하늘을 수놓는다. 흡사 종말에 다가가는 "세상을 향"해 던지는 "포효"(『우람한 우림, 킹콩』) 같은 풍경을 바라보며 화자는 "저 쏘아 올린 겁 덩어리"가 과연 "비루한 언약"이었는지 "추락하는 칼날"인 것인지를 고뇌한다.

파편화된 세계의 모순을 마주한 우리가 할 수 있는 일이란 그저 슬픔을 드러내거나 퇴색한 진실에 대해 끊임없이 사유하고 기록하는 것뿐이다. 눈부시게 빛나던 유리 테라스가 사실은 피 칠갑을 한 채 점점 허물어져 가는 곳이었음을 알게 된 화자가 필연적으로 조우할 수밖에 없는 것은 변함없이 견고한 세계의 자명성이다. 이로 인해 불안과 공포로 둘러싸인 화자는 책을 수장함으로써 그것에 대한 불신과 허무를 드러낸다. "푸르뎅뎅한 오뉴월의 밤과 엇비슷해"라는 화자의 말에서 추측해 보자면, 화자가 바닷속으로 책을 집어 던지는 행위, 종이 인형의 죽음은 자명한 진리의 몰락에 대한 메타포다. 따라서 검은 글자가 인쇄된 종이가 바닷물에 젖어 찢어지고, 쪼개진 조각들로 변모되고, 그것을 쪼아 먹은 새가 허공에서 폭발하는 장면은 본질적인 것인 양

155

여겨지는 주제에 대한 불신을 드러내는 저항이자 일상성에서의 탈주를 형상화한 것으로 볼 수 있다. 이러한 '침잠'은 이번 시집에서 반복되는 특징적인 이미지 중 하나다. 최지안의 시에서 이것은 세계의 불안과 공포로부터의 도피라기보다는 존재의 내면에 대한 깊이 있는 탐구와 성찰, 인간성 회복과 연대를 위한 의지이자 마음과 같다. 한계를 목격한 자가 절망에서 내면의 웅숭깊은 곳에 도달하려는 시도이자 세계에 대한 맞섬의 기점인 것이다.

총체성의 상실로 파편화된 삶은 개별자의 공포와 불안과 소외를 야기했기에, 화자에게 한 권의 책이라는 지켜지지 않을 약속은 비루한 것이 되어버린 지 오래다. 한때 날카로웠을 이성 역시 전망의 부재로 인해 추락하는 칼이 되어 날이 무뎌져 버렸다. "사람을 꽉 안아도 어떻게든 틈이 생"기듯(「CORRIDOR」), 자기 확신과 실재 사이에는 간극이 있을 수밖에 없다. 더 이상 이 틈새와 균열을 극복할 수 없다는 것을 깨달은 시인이 향하는 곳은 결국 세계의 끝이다. 그는 밤을 새워가며 세계에 대한 물음과 대치한다. 위 시에서 종이 인형이 생을 마감하기 위해 한밤중, "해안선"에 서있었던 것은 바로 이러한 이유에서였을 것이다. 요컨대 종이 인형의 죽음은 불가능, 한계의 지평선 위에 서있던 (시적) 언어에 대한 비유이며, 해안선에서 시인이 재확인한 것은 검은 재로 변질될 뿐인 문자/언어는 끝내 읽히지 못할 한 줌의 "덩어리"일 뿐이라는 사실이다.

오늘의 할 일 ‖ 구글 맵에 '폼페이pompeii' 검색해서
기원전 노천카페에 앉아보기

굳어 죽어버린 연인들의 눈 응시하기
어떤 창틀도 없이 공중에서 맺히는 사진
무릎 꿇고 저걸 누운−이라고 발음하기

너는 흘러오는 불을 어떻게 맞이하세요

저는 메테오 앞의 쥐며느리
여기 테이블 위 마지막 스콘이 열화해요

고대의 연인이여, 연인이시여?

용암에 녹기 싫으면 테이블 위에 올라
신발을 깔고 그 위에 또 무릎을 꿇어요
당신은 내 등에 올라타
천천히 녹아가는 저를 그냥 내려 보세요
속에 잔가시가 차있을 것 같지만 온통 비어있는 재 인간

나를 보세요, 아직도 불을 보나요?
그래도 나는 당신께 경배하는 재단처럼 등과 무릎을 드
리는데요

낡은 거리에 회백색 눈이 내려요
이번엔 눈인가요
끝내주는 카페 스위트 아메리카노에 쌓이는 흑설탕
나의 등에 만다라를 깔고
최후의 만찬을 즐기세요

잎을 밟고 도자기, 건물 지붕, 다람쥐 비단 로브 다 밟고
위로 위로 사람을 박제하는 우리의 할 일

양피지에 어김없이 적고 있죠
내게 허락된 자유는 오직
불쌍한 일기랍니다

불의 식탐은 비장하고 절박해요 달아나도 불의 아귀
멸망의 한 꼭짓점에서
자전거를 타고 도망치는 비탈길
카페 화장실에, 세면대에 문 걸어 잠그는 나만의 욕조
가 있어요
웅크리고 앉아서 종말의 수도꼭지를 돌려요
네가 검은 구름으로 엎드린 세계를 조롱해도 나는 당신
의 방향으로 입김을 불 거예요

그리고 나서
저는 환풍구로 무참한 마그마와

사람을 끌어안는 붉은 팔을 바라보는데요

　　　　　　　　　　　　　　　　—「재 겨냥하기」 전문

　"나"의 "오늘의 할 일"은 "구글 맵에 '폼페이'를 검색해" "기원전 노천카페에 앉아보기"다. 폼페이는 서기 79년 화산 폭발로 매몰된 고대 로마의 도시다. 사라진 공간을 체험하고자 하는 화자의 바람은 구글에서 제공하는 지도를 검색해 가상 체험을 하는 방식으로 이루어진다. 화자는 구글 맵상에서 발견한 "굳어 죽어버린 연인들"의 사진을 매개로 폼페이의 최후를 추체험한다. 그는 이제 폼페이의 노천카페에 앉아있는 사람이다. 거대한 폭발과 함께 검은 구름이 분출되면서 엄청난 양의 화산재와 화산분출물이 쏟아져 내릴 것 역시 알고 있다. 다가올 종말을 암시하듯 카페 "테이블 위"에는 "마지막 스콘이 열화"하고, "아메리카노" 위에는 머지않아 "낡은 거리"를 뒤덮을 "회백색"의 재처럼 "흑설탕"이 수북하게 "쌓"여 있다. 죽음의 구름이 몰려오는 상황에서 화자에게 "허락된 자유는 오직/ 불쌍한 일기"뿐이다. 그는 카페에 앉아 보들레르처럼 군중 속 보편적 합일을 통해 얻은 자기만의 특별한 도취를 "양피지에 어김없이 적"는다. 그러나 화자의 말대로 여기까지가 그에게 "허락된 자유"일 뿐이다. 시인에게 있어 시는 내밀하고 특별한 글쓰기이지만, 아무도 읽지 않는 "불쌍한 일기"일 뿐인 까닭이다.

　'몽상의 폼페이'에서 화자가 마주한 중요한 사건은 '불'

이다. 그는 이미 "굳어 죽어버린" 과거의 "연인들"을 바라보며 "흘러오는 불을 어떻게 맞이"할 것인지를 상상한다. 그들이 할 수 있는 일이란 "용암에 녹기 싫으면" "테이블 위에 올라"가거나, 둘 중 한 사람이 희생해 상대의 "등에 올라타"는 것이다. 휘몰아치는 불길 앞에서 "너"의 눈길을 사로잡는 것은 "천천히 녹아가는", 곧 "재 인간"이 되어버릴 사라질 "연인"보다, 도시를 뒤덮는 화염의 공포다. 비극을 불러올 "불의 식탐은 비장하고 절박"하다. 아무리 "달아나도 불의 아귀"일 뿐이다. 별안간, 화자가 멀리서 바라보던 폼페이 연인의 말로는 어느새 자신의 일로 변질되어 버린다. 그는 곧바로 아수라장이 되어버릴 폼페이 "멸망의 한 꼭짓점에서" "자전거를 타고" "카페 화장실" 속 "나만의 욕조"로 "도망"친다. 긴박했던 상황에서 빠져나와 사적 공간에 들어선 화자는 "나만의 욕조"에서 "종말의 수도 꼭지"를 돌리고 입수한다. "환풍구" 너머로 보이는 "무참한 마그마와/ 사람을 끌어안는 붉은 팔"의 마지막 모습을 보며 말이다.

'불'은 존재를 무로 변모시킨다. '불'이 휩쓸고 간 자리에 남아있는 것은 죽음─'검은 재'뿐이다. 이러한 '재'의 이미지는 '침잠'과 더불어 최지안 시를 관통하는 주요한 형상이다. 자명한 진리 역시 언제든 검은 재로 변모할 수 있다는 것은 주체가 돌아갈 곳을 영원히 상실했음을 의미한다. 그럼에도 시인은 영도零度가 되어버린 삶에서 절망이 아닌 새로운 전망을 발견한다. 그것은 위태로운 상황 속에서도 서로를 끌어안고 함께 죽음을 향해 가는 불가능성의 희망이자 가능성의 슬픔이다. '자명성을 지니지 않은 언어에 둘러싸여 있는 상황 자체가 일종의 슬픔과 비슷한 느낌을 내포하고 있다'는 하루키 수필의 한 구절처럼, 시인에게 있어 '검은 재'는 그를 둘러싼 상황의 자명성에 대한 회의과 전망을 동시에 품고 있다고 볼 수 있다. 마침내 "네가 검은 구름으로 엎드린 세계를 조롱해도 나는 당신의 방향으로 입김을 불 거"라는 시인의 고백은 "나만의 욕조" 속에서 "종말의 수도꼭지"를 돌리면서도 "당신의 방향으로" 부는 "입김"을 포기할 수 없는 이유가 된다. 시인에게 있어 매서운 불길을 막을 수 있는 물(속)은 세계와 나의 경계선이지만 서로를 향해 열려 있는 틈새(탈경계)과 같은 것이다. 그는 고독을 통해 오롯이 내면의 소리를 듣고, 한계점에서 불연속성을 체험하며 존재의 가능성을 성찰한다.

욕조에 입수하는 오후

꽃처럼 부풀어 만개하는 체모가 있다
내게 남아있는 마지막 꽃과 나비의 형질
나는 물에 알을 낳았지

추잡한 살비듬이 꽃가루 대신 수면에 떠올라서
나는 젖은 비행체가 될 수 없다
시들어 죽는 한살이 꽃무지 무덤

하루에도 수천 번 접어온 내 무르팍마저 볼 수 없다
접힌 팔오금은 휘저어도 날갯죽지가 되질 못한다

물에 잠겨 실종되는 영원한 잠수
익사자가 될 무렵 뻐끔거리는 수중생물처럼

목소리는 물거품이 되고
세상은 조용히 나를 찾는다 밖에서
수도꼭지나 시계가 소리 내는 방식으로

머리를 담그고 있을 때 들리는 시침 소리
그 소음은
공중으로 건너오라는 창唱이다

내겐 온몸을 찌르르 파고드는 절규로 들린다
물방울이 일으키는 파문과 히스테리

욕실 벽면에 붙어있는 줄눈 타일이 좌표 잡아주면
박달나무 북채로 힘껏 때려
벽 뒤 해일을 끌어올 큰 북소리로 울린다

삶이 무서워져서, 그래도 이제 나가야 하나
한참을 인고하다가 수중에서 잠들 뻔했다

마름질로 은빛 비늘을 몸에 치장하는 수심 육십 센티미터

물에 귀화할 뻔했다 나는 관통되며

무성한 탁류

빙하 아래 갇힌 물고기의 말을 한동안 중얼거려도 보았다

수면 아래에도 얼굴 하나 비친다

물 밑에서

얇은 귀 두 개 배지느러미처럼 팔랑거려서

장엄한 물보라 치고

욕조 밖은 언제나 묵묵한 세상

우리는 늘 건너편을 그리니까

배수구 아래로 흘러가는 저 소용돌이 후

수챗구멍에 엉켜 남아있는

검은 나비 날개

그것은 어제 밀려오던 바람 언어의 복기

가장 검고 둥근 서명을 뽑아낸다

나는 물의 복막을 찢듯

곤충의 알 같은 이내 머리를 밖으로 뺀다

─「부화한다」 전문

공간이 실존의 근거라면, 시인에게 시(집)은 자의식의 근

원이자 터전일 것이다. '폼페이 몽상'을 거쳐 돌아온 시인이 자기만의 "욕조에 입수하는 오후"는 "물에 잠겨 실종되는" 꿈을 꾸는 "잠수"와 같다. "세상"이 "나를 찾는" 소리, "수도꼭지"에서 물 떨어지는 소리나 "시계"의 "시침 소리" 등 현실의 소음은 시인에게 있어 "온몸을 찌르르 파고드는 절규"와 같다. "파문과 히스테리"로부터 벗어나 세계의 불균형을 온전히 감각할 수 있는 여백은 "수면 아래"뿐이다. 욕조의 물속에서 듣는 바깥은 "언제나 묵묵"하다. 이러한 어긋남은 시인에게 몽상과 자유의 기회를 준다. 그의 시에서 추락한 진리는 '재'가 되고 그 '재'는 인간의 모습으로 형상화되었듯, 물속으로 가라앉으려는 의지는 오히려 타인과의 관계를 놓지 않으려는 모색과 다름없다. 시인은 사라진다. 그러므로 아름답다. 세계라는 물속에서 그는 마음의 "소용돌이"를 "배수구 아래로 흘"려보내고 자신을 감싸던 "물의 복막"을 "찢"어내 몇 번이고 "머리를 밖으로" 빼낼 것이다. 타자를 향한 이해를 적실한 언어로 재현해 낼 수 있을 때까지.